龍に恋う 五
贄の乙女の幸福な身の上

道草家守

富士見L文庫

目次

〇〇五 序章　初冬乙女と祭り

〇二六 第一章　住み込み乙女と軍人の友情

一一三 第二章　受講乙女のフォークロア

一七九 第三章　店主の悔悟と決意乙女

二三三 第四章　舞乙女と定めの黄昏

二八二 終章　乙女の、一歩

二九九 あとがき

上古 珠（珠貴）【かみこ たま（たまき）】

数えで16歳になる小柄な少女。銀市に助けられて雇用される。神に捧げる贄の子として育てられた過去がある。

古瀬銀市【ふるせ ぎんいち】

外見は20代後半の青年。妖怪の職業斡旋もする口入れ屋銀古《ぎんこ》を営む。正体は人の母と龍の父の間に生まれた半妖。

御堂智弘【みどう ともひろ】

眼鏡をした軍人。特異事案対策部隊という怪異妖怪の対処専門の部隊を率いている。

瑠璃子【るりこ】

ボブカットの美女。正体は三毛の猫又。銀古の従業員でありカフェーでも働くモダンガール。

貴姫【きひめ】

珠が持つ牡丹の櫛に宿った精。かつて村の大蛇を倒し、珠を解放した。

灯佳【とうか】

服から髪まで白一色の少年。正体は狐の総本山の管理を任された白毛の妖狐。

狂骨【きょうこつ】

銀古の井戸に住まう女の妖怪。生前は吉原で人気の遊女朧太夫《おぼろだゆう》だった。

銀古の面々

川獺《かわうそ》の翁《おきな》、天井下《てんじょうさが》り、瓶長《かめおさ》、家鳴《やな》り、火鉢の精、ヒザマ、付喪神など

序章　初冬乙女と祭り

その金色を前にして抱いたものは、今も己の胸にある。

自分の愚かさを思い知った日。

「御堂《みどう》。――……」

＊

土道を歩いていると、草履がさくとなにかを踏んだ。

珠《たま》が立ち止まって地面を見ると、黒々とした土の間に氷の針が散らばっている。

霜柱だ。温かい別珍の足袋をはいてきても、つま先がほんのり冷たい。

霜月《しもつき》……十一月になったことを実感した。

肩にかけたびろうどのショールをかき合わせる。深い紅色で端に房が付いたそれは、よそ行き用にとそろえたものだ。今着ている菊柄の長着とよく合っていると、思う。

結い上げた髪は、乱れていないだろうか。

首元を気にしていると、声がかけられた。

「珠、寒くはないか」

とくん、と心臓が跳ねる。

だが話しかけられると予期していた珠は細く呼吸をしたあと、そっと傍らを見上げた。

低く穏やかに声をかけてきたのは、銀市《ぎんいち》だった。

今日の彼は、濃紫《こむらさき》の長着に同色の羽織《はおり》を着込んでいた。生地はしぼの細かな縮緬《ちりめん》で、いつもの襟付きのシャツはない。黒い髪をうなじで括《くく》ってあらわになる首には襟巻きをして、フェルトの山高帽子をかぶっている。普段より改まった雰囲気で上品だ。

家を出る前に、珠は密《ひそ》かに見とれてしまったくらいだ。

銀市は、怜悧《れいり》な面差しに案じる色を乗せて珠を見下ろしている。

言葉は少なくともこうして思いやってくれるのが、珠の胸を温かくする。

「寒さは大丈夫です。元々強いほうですし、今日は日差しが暖かいので。ただ、少し緊張してしまって……」

珠が答えると、銀市は納得したようだ。

「君には負担をかけるな。だが、今から会うのはこのあたりの妖怪達をとりまとめるひとだ。俺の古くからの知己でもある。盆には不義理を働いてしまったから、今回は直接挨拶をしに行きたいんだ」

「はい、盆のご挨拶ができなかったのは私が原因です。誠心誠意謝罪をいたします」

銀古《ぎんこ》は夏の間、珠が子供になったり、吉原《よしわら》での事件があったりと様々な騒動でてんてこ舞いだった。だから、盆の挨拶がなおざりになっていたのだ。

銀市はその埋め合わせを兼ねて、暮れの挨拶には少し早い今、珠を伴い得意先へ挨拶回りをしていた。

珠も少々改まった服装なのは、そのためである。

中元の添え書きを代筆したのは珠だったから、銀市とどれだけの付き合いがあるか知っている。銀市が不義理を働く形になったのは、珠が原因だと大いに責任を感じていた。

相手先が気分を害していたら、誠心誠意謝罪しようと考えていたことも思い出す。

緊張している場合ではない。

珠が少し気合いを入れて答えると、銀市がかすかに苦笑する。

「思い詰めていると思ったが、そのように考えていたのか」

「違いましたでしょうか」

反応からなんとなく違うことを感じ、珠が困惑していると、銀市はうなずいて言った。

「君が謝罪する必要はないさ。妖怪達は、人間の習慣にはいい加減ではあるし、人の知り合いは許してくれているのは知っているだろう？　今日は君の顔見せが主なのだよ」

「顔見せ……？　私の顔がなにか役に立ちますか」

「君が従業員になったと改めて紹介しておきたい。いずれ君にも能動的に動いてもらうことがあるだろう。銀古の一員であると周知しておけば、君だけでも彼らの協力を仰ぎやすくなるだろうからな」

銀古の一員。その言葉に珠の心はふわりと浮き上がるような昂揚《こうよう》を覚える。

銀市は、珠のことを考えていてくれる。そのことが嬉《うれ》しい。

頬に手を当てていた珠は、うつむいて銀市に続いた。

きっと赤らんでいるだろう頬は、うまく隠せただろうか。

家と家の間の細い路地を歩いて行くと、いつの間にか葉の落ちた木々が生い茂る山の麓にある山門にたどり着く。

だが珠は知っている。このあたりに山などないことを。

銀市が閉ざされた門扉の前に立つと、扉はひとりでに開き、石段が現れる。

苔《こけ》むした石段を上って行くと、開けた場所に大きな寺院があり、誰かが待っていた。

珠は彼らが人ではないとすぐにわかった。

彼らはそろって軽快な着物をまとい、袴《はかま》の足元は脚絆《きゃはん》で固め、丸みのある白い房の付いた結袈裟《ゆいげさ》をかけた山伏の格好をしている。若い者から年かさの者までいるようだが、顔は総じて浅黒く、鼻が普通の人間ではあり得ないほど高い。

なにより背には烏《からす》のように黒々とした一対の翼を負っていたのだ。

異様ともいえる姿の彼らを従えるように、中央に佇《たたず》むのは老爺《ろうや》だ。

しかし体は隆々としていて衰えを感じさせず、顔に刻まれた皺《しわ》は深いが活力がある。

珠はその男から、山野の中に何百年と存在する巌《いわお》のような静謐《せいひつ》さを感じた。風雨に晒《さら》されてもなお、確かにそこにある存在感だ。

我知らず圧倒されていると、巌のような老爺が少し驚いたように銀市を見つめた。

「銀龍《ぎんりゅう》、おぬし、見ないうちにずいぶん力をつけたのう。成長期か？」

銀市は一瞬硬直するが、老爺に軽く頭を下げてみせた。

「古峯坊《こみねぼう》自ら出迎えていただくとは恐れ入ります。が、さすがに俺の年でも成長するとはとんと聞きませんよ」

「はは、違いない。いの一番に挨拶に来る義理堅さはいっそ古くさいくらいだ。里に下りた若いのすら来ておらんぞ」

「夏に不義理を働いた分だけゆっくりと挨拶をさせていただければと思い、早めに伺いました。出向中の天狗《てんぐ》達が無精しているわけではないことはわかっていただきたい」

するとと老爺はにっかりと笑った。笑うと厳《いか》めしさがほどけて気さくな雰囲気になる。

「なに、気にするな。わしもこの日を楽しみにしていたのだよ。――その娘が、例の新しく入った人の従業員だな」

興味津々で見つめられた珠は、緊張にぴんと背筋を伸ばす。

答えても良いのかと見上げると、銀市は軽くうなずいてくれたから、口を開いた。

「はい、銀古で働いております、上古《かみこ》珠と申します」

「うむ、わしは古峯坊と呼ばれておる。この山の天狗をとりまとめておってな、銀龍とはそれなりに古い付き合いだ」

「古峯坊様、でございますか」

繰り返す珠に、古峯坊と名乗った天狗は一つうなずくと、体を横にして奥へと導いた。

「せっかく来たのだ。山に籠もっているゆえ世俗に疎くてな。ぜひ話を聞かせておくれ。おなごには少々堅苦しいかもしれぬが、それは許せ」

「いえっお気になさらないでください。私がお邪魔でしたら隅に控えておりますので」

珠が親切心から語ると、古峯坊は心外そうな顔をした。

「せっかく人の子から話を聞けるのだ。そのような残念なことは言うな。食事も用意しておるぞ。昨日良い猪《いのしし》が手に入って煮炊きしているはずだ。さあお前達、宴《うたげ》の準備だ」

「「「是」」」

周囲にいた天狗達から一斉に響いた声に珠は面食らう。戸惑う珠の肩に、とんと銀市の手が置かれた。

「きちんと挨拶できたな。さあせっかくの接待だ。受けに行こうか」

「は、はい」

今までで一番長く勤められて居心地が好い、居場所。珠は、銀古の一員なのだ。

とくん、とくん。心臓が温かく鼓動を打つ。

銀市に促されて寺院へ入って行く中で、珠はこっそりとはにかんだ。


珠の耳に、かーんかーんとどこかで拍子木を鳴らす音が聞こえた。

火の用心を呼びかけているのだろう。確かに最近空気が乾燥しているし、空は晴れていても頬を撫《な》でる風は澄んだ冬のものだ。

古峯坊の所から辞去した珠達は、日も高いうちに銀古へと帰ってきた。

行きはずいぶん歩いた気がしたが、帰りに山道の石段を下りると、近所の路地だった。

「近くまで送ってくれるとは、御坊は君を気に入ったようだな」

銀市の感心した色に珠は驚き困惑した。

「そう、でしょうか。古峯坊様には様々なことを教えていただいたのに、お酌もなにもできず……。あれほどよくしていただいて、申し訳ないと思っていましたが」

『お前達、娘に粗相をするでないぞ！　わしが吊《つる》してくれる！』

猪鍋を囲み、終始上機嫌で般若湯《はんにゃとう》と称した酒を飲みながら、古峯坊は最後にほかの天狗達へそう言い放った。

ぎょっとしたのは珠だけで、天狗達は恐ろしくそろった了承の返事をしていたが。

珠はそこまで気に入られることをした覚えはない。古峯坊の語る話はどれもこれも奇想天外で思わず聞き入ってしまったのだ。

珠の困惑に銀市は柔らかい表情で言った。

「天狗は総じて話したがりなんだ。だが、新鮮な反応を得られることは少ないから、君が真摯に聞いてくれるのが嬉しかったのだと思うぞ」

「でしたら、良いのですが」

珠の見た古峯坊も本心から楽しそうだった。銀市もそう言うのなら間違いないだろう。

ようやく安堵《あんど》できた頃に、銀古の玄関先につく。

「ただいま戻りました」

引き戸を開けた珠が一歩室内に入ると、天井からべろんと全身毛むくじゃらの子供のような顔をした妖怪が現れた。

『襟巻き、預かる？』

「天井下《てんじょうさが》りか、頼む」

銀市が外した襟巻きを受け取った天井下りは、すぐに珠も見る。

「ありがとうございます。お願いします」

珠もショールを渡すと、天井下りは嬉しそうに受け取り、天井へと戻って行った。

相変わらず、まめな妖怪である。

草履を脱ぎ上《あ》がり框《かまち》に上がった珠は何気なく銀市を向き、首筋に目が吸い寄せられた。ちかり、と薄い光を反射したのは、数枚の銀色がかった白い鱗《うろこ》だ。それがうっすらと首筋に浮かんでいる。金属とも陶器や磁器とも似ているようで違う、艶《つや》やかな質感がある。

珠の視線に気づいた銀市が振り返った。

「どうかしたか？」

「銀市さんの首筋に、鱗が……」

反射的につぶやくと、銀市はとっさに首筋を手で押さえた。その拍子に着物の袖も下がり、あらわになった腕にも鱗が浮いている。元々銀市の肌は白いが、鱗はさらに白く、螺《ら》鈿《でん》のような輝きを持って異質に主張している。

綺麗《きれい》だな、と珠は思ったのだが、銀市は決まり悪そうに言った。

「改まった装いにしようとシャツを着なかったからな……」

「もしかして、少しお寒かったでしょうか」

銀市は、龍の父と人の母の間に生まれた半妖で、人の姿のほかに銀の龍の本性を持っている。日常でも、寝起きなどの気が緩んだときや、銀市が苦手な寒い日には肌に鱗が浮いたり、髪が銀色に戻ったりするのだ。

今日は日差しがあり、珠にとっては少し暖かく感じられる陽気だ。

のだろう。

とはいえ、寒さの感じ方は人それぞれだ。首筋に鱗があるのだから、銀市には寒かったのだろう。

そう思った珠は表情を引き締めると、面食らう彼へ言った。

「それはいけません。ひとまず陶火鉢《とうひばち》さんに火を入れて向かわせます。すぐに温かいお茶を淹《い》れますから、ぬくまっていてください。その間にお風呂を焚《た》きますね。埃《ほこり》っぽかったですから、さっぱりしてください」

「あ、ああ。ありがとう」

戸惑いがちだった銀市が、肩の力を抜いたように思えて、珠も嬉しくなる。

珠は着替えはあとにして、采配のために台所へ向かおうとすると、腕をとられた。

すぐに放されたが、驚いた珠が振り返ると少し動揺した銀市がいる。

銀市もまた自身の行動に戸惑ったように己の手を見ていた。

「あの、どうかされましたか」

「……いや。そのだな。ちゃんと自分の分も用意しなさい。君だって同じように寒かっただろうし、気疲れしたはずだ。ゆっくり一服すると良い」

確かに無視できる範囲だが、体の重みを感じていた。

顔には出さなかったつもりなのに、銀市は、珠の変化に気づいてくれた。

とくん、と胸が高鳴る。

珠は密《ひそ》かに深呼吸をして、努めて平静にうなずいた。

「はい、ありがとうございます。ではお言葉に甘えて、自分のお茶も用意します」

返事をしたあとうつむきがちに、銀市の横を通る。

頬に手を当てると、指の冷たさとは裏腹に頬が熱い。けれど平静に振る舞えたはずだ。

今回もうまくできた。珠は少し誇らしい気持ちに浸りつつ台所にたどり着くと、目の前に、勝ち気な美貌がにゅっと現れて驚いた。

美しい瞳を半眼にしているのは、銀古の従業員である瑠璃子《るりこ》だ。

銀市と珠が店にいない間、留守番をしてくれていたのだ。

彼女は襟付きのブラウスの上にベストを身につけ、ベストと共布《ともぬの》のスカートも穿《は》いており、きちんとした印象だ。ただ、肩に付かないくらいの短い髪には丁寧にウェーブがかけられていて、今風のおしゃれは忘れていない。

相変わらず綺麗だと思ったのだが、彼女はなぜかわなわなと震えている。

「瑠璃子さん、ただいま戻りました。あの、どうか……はえっ」

しゃべろうとした矢先、瑠璃子に台所へ引っ張り込まれた。

板の間の上がり框には、緋色《ひいろ》の襦袢《じゅばん》を身にまとった婀娜《あだ》っぽい女性、狂骨《きょうこつ》もいた。

あまり部屋に入らない彼女までなぜここに？　と思う間もなく、瑠璃子に詰問される。

「あんた、どうしていつもと変わらないの！」

なんのことを指しているのかわからず、珠が目を白黒とさせると、苦笑気味に狂骨が説明してくれた。

『珠ちゃんはこの間、ヌシ様への気持ちが違うって話してくれただろ？　今だってそんな風に顔を赤らめてるのに、ヌシ様への態度があんまり変わらないように見えたからさ』

「そうよ、前だったら銀市さんに腕をとられたら狼狽《うろた》えていたでしょうに、平然と返しちゃって！　まあ銀市さんもなんであそこで腕をとったのかわかんないけど、今真っ赤になるなら銀市さんの前でしなさいよ！」

珠は、先ほどのやりとりを見られていたと気づきますます顔を赤らめる。それでも瑠璃子の勢いは緩まず詰め寄られた。

「気持ちが違うって気づいたんなら、あんたその違いを知りたいとは思わないわけ⁉　なんで前よりも女中魂が強くなってんのよ！」

「そう、言われましても……」

『あたしもそのあたりはちょっと気になるねえ。どうしてだい』

二人には相談したのだから、結末が気になるのは当然だろう。

途方に暮れながらも、珠はなんとか瑠璃子達へ弁明した。

「確かに、ふいに胸が騒いでしまって困っておりました。ですが銀市さんに対する気持ちだけ違うとわかれば、対処ができます。今までよりも距離を保てば私も日常生活に支障はございませんし、銀市さんを煩わせないですみます」

珠にとって重要なのは、銀市に迷惑をかけないことだ。

銀市に対し妙な反応をしてしまったり、気ばかりとられて間違いを犯して仕事を滞らせたりしてしまいたくない。自分の気持ちが理由ならば、胸が騒がないよう距離に気をつけて今まで通り過ごすことは、珠としてはなんら矛盾のない行動だった。

なにより――……

「私は、今の銀古に居られて、充分幸せなのです」

故郷の村では神に捧《ささ》げられる贄《にえ》として過ごし、必要とされなくなってからは、村を出て職場を転々としていた。誰かの役に立たなければならないと行動しても、普通を知らず、妖怪が見える異質な珠はなじめず、どこにも居場所はなかった。

だが今は銀古の一員として、銀市の役に立てている。珠もここを居場所にしたいと願って、皆にも温かく迎えてもらえている。

これ以上、なにを望む必要があるのだろうか。

珠は本気でそう考えているのだが、瑠璃子はまだもどかしげだ。

「でもねえ……だってあんたは銀市さんにこ……っ！」

『瑠璃子、さすがにそれは野暮ってものだよ。焚き付けたのはあたしらだけどさ』

なにか言いかけた瑠璃子は、狂骨の強い視線に口をつぐんで顔をそらす。

珠は理由は摑《つか》めずともその気魄《きはく》に問い返せず、二人を交互に見るしかない。

不安な珠に対し、いくぶん和らいだ表情で狂骨は言った。

『珠ちゃんがそう思うんならそれでいい。大事なのは、珠ちゃん自身の気持ちだからね』

返答が悪いものではなかったとわかり、珠は安堵する。

そこで狂骨は真剣に表情を引き締めた。

『ただね、気持ちってやつは立ち止まってしっかり考えないと、取り逃がしちまうことがあるんだ。――気をつけなよ』

勝手口から入ってきた風が、彼女のほつれた髪を揺らす。

珠は瑠璃子も狂骨と同じように、案じる表情をしていると気づいた。

心配されていると、感じる。

けれど、珠には彼女達はなにを案じているのか見当がつかなかった。

狂骨は珠に返事を求めていなかったようで、にこりと笑った。

『そうやって悩めるんなら大丈夫さ。また困ったら話してくれれば良いよ』

「そうよ、ため込まないこと。むしろなんでも気になったら話しなさい。いいわね」

ああ、やっぱり、温かい。

瑠璃子にも念を押された珠は、今度こそ、「はい」と答えられた。

*

その日、珠は久々に銀市と共に通常業務に就いていた。

二、三日に一度、銀市が年末の挨拶回りや細かな用事で出かけていた。珠を伴うこともあったが、圧倒的に銀市が銀古を空けることのほうが多い。

銀古の業務に慣れていた珠は、通常業務であれば滞りなく回せていた。それでも、銀市がいると安心感がある。

銀市が定位置の座布団で脇息《きょうそく》にもたれながら、長火鉢から火を移し煙管《キセル》を吸う姿を、珠はこっそり眺める。眺めているだけで、なんだか温かい気持ちになれる。

銀古の引き戸が開かれた。

のれんをくぐり現れたのは、マントを羽織った男だった。

短髪の頭に軍帽をかぶり、整った顔には眼鏡をかけている。マントの下は体に沿った軍服だ。腰には軍刀がつり下げられていて、彼が動くたびにかちゃかちゃと鳴っている。

気楽な足取りで店内に踏み入れた彼は、制帽を脱ぐと気さくに笑った。

「やあお邪魔するよ、珠嬢は今日もかわいいね」

流れるように褒められた珠だったが、いつものことだったので、平静に会釈をした。

「いらっしゃいませ御堂様」

「変わらず、動じないなあ。はい、今日のおやつは亥《い》の子餅《こもち》だ」

「いつもありがとうございます」

御堂から珠は紙箱を受け取った。

御堂智弘《ともひろ》は、よく銀古に来る青年将校だ。陸軍の特異事案対策部隊をとりまとめており、銀市へ妖怪絡みの様々な相談事を持ち込んでくる。普通にお茶をしに来るだけのことも多いが、どちらにせよ、珠は一旦席を外したほうが良いだろう。

「では、お茶の準備をしてまいりますね」

珠が奥へと引っ込もうとすると、その前に御堂があっと思い出したように言った。

「珠嬢、お茶は三人分用意してほしいな。君が一番関わりのある話だから」

「そう、ですか？　かしこまりました」

戸惑いながらも了承した珠は、反射的に銀市を見る。

長火鉢へ煙管の灰を落とした銀市は立ち上がるところだった。

「珠、応接間で待っている」

「はい」

ひとまず菓子の入った紙箱を持って台所へ向かった珠は、なんとなく違和を覚えた。

けれどそれがなにかわからず、首をかしげたのだった。

冬仕度が調った応接間で、淹れたお茶と、皿に並べた亥の子餅が行き渡る。

卵形で、ほんのりとさらしあんで色づけられた餅生地の表面に、焼き印でうり坊の縞《しま》と顔が描かれた菓子が皿の上に並ぶ様はかわいらしい。

御堂はぬかりなく店の妖怪達の分まで用意してくれていたが、妖怪達はかわいらしさは関係ないようだ。ぺろりとひとのみにしていた。

陶火鉢は客である御堂の傍らにいて、火が強まるように炭を調整する。

だが、珠は御堂から打ち明けられた話に、戸惑っていた。

「祭りの準備に、私をですか？」

珠が困惑もあらわに問い返すと、お茶をすすった御堂はうなずいた。

「特異事案対策部隊が、妖怪と人双方の事件や問題を解決するためにあるのは知っているね。毎年この時期になると、一年間協力してくれた妖怪や神々に感謝をするために御霊鎮《みたましず》めの祭りをするんだよ。ただ今年はどうしても手が足りなくて、ひと月くらい僕らの本部に泊まり込んで準備の手伝いをしてくれる人が欲しいんだ。珠嬢だったら適任だからね」

「そう、なのですか？」

陸軍の施設になぜ珠が適任なのだろう。

困惑した珠が傍らの銀市を見上げると、彼はいつも通りのまま言った。

「部隊本部には妖怪が多く出入りする。そこで働くには、まず人に非《あら》ざる者が見えなければならず、ある程度対処法を心得ていなければ、雑用すら任せるのが危ういのさ。君は銀古でどちらも身につけているだろう？　なかなか得がたい人材なのだよ」

珠はようやく腑《ふ》に落ちた。それが顔に出ていたのだろう、銀市は表情を和らげながらも、少々真剣に続けた。

「御霊鎮めの祭りは本来なら神々の御霊を慰め鎮める祭りだが、部隊では妖怪と対峙《たいじ》し共存していると広く伝えるために行われる。滞りなく執り行うことで部隊の存在を知らせる役割もある重要な行事なのだよ」

「そんな大役のお手伝いが、私に務まるでしょうか」

予想以上に重要そうな祭りに、珠は不安に駆られ表情が曇る。村にいた頃も、祭りの時期は禰宜《ねぎ》達が緊張で張り詰めていた。そのような大きなことに珠が関わって大丈夫なのだろうか。

しかし、御堂は安心させるようにからりと笑った。

「まあ祭りの目的はあくまで慰労だから、忘年会とそう変わらないよ。巫女《みこ》が神楽《かぐら》を舞って、お世話になった神々にかしこまった祝詞《のりと》を奏上したあとは、用意したごちそうで飲んで騒いで踊るんだ。珠嬢に頼むのも、神社から招いた巫女さんのお世話や、準備をする隊員達の手が回らない食事の仕度や身の回りの世話だからね」

「つまり、女中のお仕事と変わりませんか」

「その通り。でも、人間の事情も妖怪の性質も把握している珠嬢にしか頼めない」

緊張をほぐすような言葉だったが、御堂が本気で困っているのは充分に感じ取れた。

珠の気構えが緩んだことを感じたのか、御堂は誠実にたたみかけてくる。

「当日は銀市も招待客だから、銀古で人材派遣をお願いするのもちょっと気が引けるんだけど、にっちもさっちもいかなくてね。僕から銀古への正式な依頼として、珠嬢の派遣をお願いしたいんだ。どうだろう。頼めないかな」

「その……ええと……」

話を聞く限り、家事や雑事を片付けることが主なようだ。御堂はいつも世話になっているし、正式な業務なのであれば、珠としては、否やはない。

けれど、と珠は返答をためらった。以前御堂が軍部の仕事を珠に依頼したとき、銀市が強く止めていたのが記憶に残っていたのだ。

さらに珠の雇い主は銀市のため、最終的な判断は銀市にゆだねられている。

珠が隣を窺《うかが》うと、彼は火を付けた煙管を口元に運ぶところだった。そういえば、銀市が最近煙草《たばこ》を吸う姿をよく見る気がする。

一服をした銀市は、困っている珠に対し穏やかに言った。

「危険が伴う仕事はないし、君が適任なのは間違いない。嫌でなければ短期の派遣業務として行ってくれるか」

「頼むよ珠嬢、この通り！」

御堂に両手を合わせんばかりに懇願され、珠は狼狽《うろた》える。

けれど、銀市にも行くように促されたのなら、珠の答えは一つだ。

「私がお役に立つのでしたら、喜んで」

居住まいを正して答えると、御堂には心底助かったと言わんばかりに感謝される。

「ありがとう！　今すぐにでも来てほしいところだけど、荷物をまとめるのに時間が必要だろうし、明後日《あさって》でいいかな。迎えをよこすよ」

「問題ありません。ただ、さすがに丸々ひと月空けてしまうのは家のことが心配なので、週に一度くらい銀古に帰れるでしょうか」

空気が張り詰めた。御堂が、一瞬銀市を窺ったような気がして珠は戸惑う。

珠としては、当然の確認のつもりだったのだが、悪いことがあっただろうか。

「帰れると、私も着替えや身の回りのものを補充できますし、銀市さんのお洗濯やお掃除、三食のお食事も、家鳴《やな》りさんに指示できると、思ったのですが……」

家鳴り達は文字は読めないが、献立の幅はかなり増えた。献立表を用意して、あらかじめ買い出しをしておき、銀市に今日はこれと指示してもらえれば充分作れるだろう。

珠が家を空けてもきちんと三食食べてもらうための算段を付けていた珠に、銀市は気が抜けたように表情を和らげた。

「君は本当に良い従業員だ」

「当然です。私は銀古の家事を任されておりますから、たとえ不在中でも女中業は疎《おろそ》かにはいたしません。ご飯はしっかりと召し上がってくださいね」

きりり、と表情を引き締めると、銀市は小さく息を吐いた。

そこで、珠は銀市も少し緊張していたのかと思い至る。けれど、なにに対して？

「……そうだな、君も行きっぱなしは困るか。御堂、頼めるか」

銀市に願われた御堂は瞬《まばた》いたが、すぐにうなずいた。

「もちろんだ。調整しよう」

「ありがとうございます」

御堂と詳しい話を詰めながらも、再び珠の中には、先ほど感じた銀市への小さな違和が頭をもたげる。

だが傍らで話を聞く銀市はいつも通りで、形になる前に忘れてしまう。

準備のために退出した珠は、だからこそ――……

「ねえ銀市、本当にこれでいいのかい？」

御堂がそう銀市に問いかけた声は聞こえなかった。

そして、珠はひと月ほど、特異事案対策部隊へ派遣業務へ行くことになったのだ。

第二章　住み込み乙女と軍人の友情

派遣業務が決まった二日後、珠《たま》は、迎えに来た御堂《みどう》と共に自動車に乗っていた。

車は帝都の中心街から離れて、車窓に広がる風景は住宅がまばらになり、森林と農地が増える。

「風景はいいんだけどどへんぴな場所だから、鉄道の駅からだとかなり歩く。車があればまだましだけど、毎日往復はきついだろう？　だから住み込みをお願いしたわけだよ」

珠が車窓の風景を眺めているのに気づくと、傍らに座っていた御堂が話しかけてくれる。

乗車時間は今まで二時間と少しくらいだろうか。公共交通機関を使うともっとかかるだろう。確かに毎日一人で往復するには大変な距離だ。

「なるほど、よくわかりました。買い出しなどはどうされているのでしょうか？」

「まとめて発注しているから、担当者をあとで紹介するね。細々とした足りないものは、近くの町には商店があるから、基本的なものは買えはするけど……」

「めんどくさいぞ、やめておけ。町の人間は、化け物駐屯所に関わる奴らを全部怖がってるからな」

そう言ったのは、運転している青年だった。

御堂と同じ軍服を身にまとい、肌は浅黒く、短めの黒髪には制帽をかぶっている。

彼はいつも御堂の送迎をしているため、珠も顔見知りだった。

御堂は苦笑しながら言った。

「善吉《ぜんきち》くん、あまり珠嬢を不安がらせるようなことを言わないでくれるかな」

「別に不安がらせるつもりはありませんよ。彼女は銀龍《ぎんりゅう》の庇護《ひご》下にありますし、古峯坊《こみねぼう》様にも気に入られてますからね。俺がなにかしたら吊《つる》し上げられる」

『吊し上げられる』という単語で気の良い大天狗《てんぐ》を思い出した珠は、はっと鏡越しに運転手の彼、善吉を見る。

その容姿は人とほとんど変わらなかったが、後写鏡《こうしゃきょう》に映る瞳が一瞬鳥の目のような琥《こ》珀《はく》色に見えた。半年以上顔を合わせていたが、彼が妖怪だと全くわからなかった。

珠が気づいたことに気づいたのだろう。

鏡越しに視線を合わせた善吉は、運転したまま器用に肩をすくめた。

「俺は古峯坊様んところにいた天狗だよ。今は御堂少佐の部下として働いてる」

「その割には、態度が大きいんだけどね」

「あんたの命令には服従してんじゃないですか。そもそも方針が気に入ってなけりゃすぐに飛んで行きます。天狗に人間らしい忠誠を求めんでください」

御堂の苦言を善吉はするりといなす。

苦笑いしながらも、いつものことなのか御堂は話を戻した。

「まあ、そういうわけで、町に一人で行くのはおすすめしないから、部隊の誰かを連れて行くと良い」

「わかりました。ですが、私のような女ごときがお願いしても大丈夫でしょうか」

うなずいた珠だったが、一抹の不安を口にした。

御堂のおかげで軍人に対する厳《いか》めしく、近寄りがたい、という印象は和らいだ。

しかし、世間一般で軍人は国土を守る敬うべき人間であり、軍人達も周囲に高圧的な態度で接するものだと考えられている。

だから雑用の、しかも女である珠の頼み事を聞いてくれるかは疑問だった。

任された仕事は果たそうと思ってはいても、先に聞いておいたほうが心構えができる。

珠が御堂を見上げると、彼は珠の懸念を正確に理解したようだ。

それでも安心させるように朗らかに言った。

「もちろん、軍の男所帯で不安はあるだろう。けど、この善吉を始めとした妖怪達は皆銀《ぎん》市《いち》のことを知っている。銀市の庇護下にある君を粗雑に扱う者はいないと断言できる。そして人間の軍人達は僕の部下だ。一般人に横柄に当たる馬鹿者は即座に矯正されている」

きっぱりと言い切る声音に、珠はすっと背筋が冷えた気がした。

もちろん珠に向けられたものではないし、口調も朗らかなままだ。けれど、冷淡ともいえる響きに、彼もまた人を率いる立場なのだと改めて感じたのだ。

御堂はすぐに乾いた表情に変わる。

「それにね、気にできるほど皆、暇じゃないんだよね。なにせ銀古《ぎんこ》の比じゃなく万年人手不足だからさ」

「妖怪の手も使えるやつらが限られてますからね」

善吉がやれやれといった風にため息をこぼすのを、珠は戸惑いがちに見たのだった。

車から降りた珠は、壮麗な建物をぽかんと見上げた。

片側の高い漆喰《しっくい》の塀沿いを通り、黒々とした木と甍《いらか》の門をくぐったとは思った。それでも駐屯所と聞かされていたから、質実剛健な近代的な建物を想像していたのだ。

けれど目の前に広がるのは、純和風の家屋……邸宅とも呼ぶべきものである。

前庭には、黄色く細長い花弁が可憐《かれん》な石蕗《つわぶき》や、厚みのある艶《あで》やかな山茶花《さざんか》が花を咲かせ、緑もみずみずしい松が悠々と枝を伸ばしている。屋根は瓦葺《かわらぶ》きで、左右だけでなく奥へもたくさんの部屋が連なっていた。

庭の奥を覗《のぞ》くと、真新しい長屋らしい家屋も見える。

これだけ広々とした屋敷《やしき》は、華族である中原《なかはら》子爵邸以来だろうか。

「あの、こちらが、本当に駐屯所なのですか」

にわかに信じられず珠が疑問をこぼすと、御堂は眼鏡の奥で楽しそうにした。

「間違いないよ。お祖父《じい》様から譲られた家を転用したんだ」

「御堂様の家なのですか⁉」

「そうだよ、僕のうちは一応華族だからね、本邸は都内にある。僕は近づかないけど」

驚くことが多すぎて珠は呆然《ぼうぜん》と御堂を見上げる。彼に大した感慨はなかった。

「僕のお祖父様は家を大きく発展させたけれどとても偏屈で、晩年はここに引きこもっていたんだ。遺言で一番お祖父様とまともに交流していた僕にこの家が残された。ただ、僕は跡取りでもない妾《めかけ》の子だったから揉《も》めに揉めてね。結局ここを受け継ぐ代わりに縁を切られたんだよ。いやあ、関わりたくない家だったからおかげでずいぶんすっきりしたよ」

御堂があまりに明るく言うものだから、珠はぽかんとするしかない。

そんな彼女を御堂は軽く促した。

「さあ、中へどうぞ。僕も、基本的な部分は案内できるはずだから」

善吉は車を置いてくると言ってすでに車寄せから去っていた。

うなずいた珠は風呂敷《ふろしき》に包まれた荷物を持ち直すと、玄関内に一歩足を踏み入れた。

室内はさすがに広々としている。三和土《たたき》の脇にある靴箱に多くの靴が整然と並んでいることが、普通とは少々違うところだろうか。

こういった邸宅では、表玄関は客に見せるためのものなので、靴などは片付けられているものだ。ここは確かに集団生活をする場なのだと理解する。

無意識に見渡した珠は、玄関の隅に埃《ほこり》が溜《た》まっていることに気づいた。

ひとまず靴を脱いで客用の靴箱に収納すると、御堂は珠を連れて奥へ進んで行く。

外観の通り、内部は典型的な日本家屋の造りをしていた。

ふすまや壁で仕切られた部屋が、ぐるりと廊下でつながっている。

御堂は歩きながら、簡単に屋敷の案内をしてくれた。

「母屋には主な施設が集まっているよ。主に君が働く食堂や台所、祭りの準備をしているのもここだし、食事には皆この母屋に集まってくる。西に進んで行くと、祭りの会場となる能舞台がある。お祖父様の道楽で造られた施設が役に立つとは思わなかったねえ」

しみじみと語る御堂に相づちを打ちつつ、珠は心の手帳に書き付ける。

ふと外縁の廊下から見える庭の木立に隠れるように、別の建物があることに気づいた。

「御堂様、庭の向こうに見える建物はなんでしょうか」

珠が見ている方向を確認した御堂は、答えてくれた。

「あそこは妖怪を閉じ込めるための特別な独房だよ。牢《ろう》の扉を閉めれば、どんなに強力な霊力を持った妖怪でも無力化する術が施されているんだ。その周囲にも脱出防止用の様々な処置がされている。今は誰も入っていないけれど、あのあたりには不用意に近づかないようにしてね。人間の珠嬢であっても安全の保証ができない」

一見するとただの美しい和風家屋だったが、ここは確かに軍の施設だと心に留《とど》める。珠が生真面目にうなずくと、御堂は「珠嬢だから全く心配してないけれどね」と言いつつ付け足した。

「さらに裏庭は主に練兵場として使われている。裏庭の奥にある山まで敷地《しきち》だから、妖怪達が遊んでいることもあるね。入るときは必ず誰かを連れて行くと良い」

「はい肝に銘じます」

言いつつ珠は廊下を通るだけで、その忙しさを肌で感じていた。

すれ違う人間は御堂と同じ軍服をまとっており、相談をしながら足早に歩いて行く。

その中に妖怪が交じっているのを、珠は驚嘆を込めて見送った。

絵巻物にあるような武者姿の人間は体が透けているし、形容しがたい煙のような姿をした妖怪が、ふよふよと浮いているのを、軍人がかまうように撫《な》でてやっている。

「わっ」と声を上げてこけた軍人をけたけた笑っているのは、頭頂部に角を持つ子供のような姿をした小鬼達だ。彼らは軍人に怒られると、笑い合いながら去って行った。

軍人達は御堂に気づくと道を譲り、そろえた指先を額に当てる敬礼をする。そして背後について行く珠を驚きと共に見送るのだ。

わかっていたつもりだが、珠は御堂がとても偉い将校であることを改めて実感した。

御堂は奥まった場所にある板戸を開けた。中は近代的な事務室で、軍服をまとった数人の男性が椅子に座り、それぞれの机に向かっている。

彼らは扉が開かれると顔を上げ、御堂だと気づくと敬礼をする。

御堂は彼らに向けて語った。

「諸君、今日から雑用のために入ってくれる上古《かみこ》珠嬢だ。珠嬢、ここは総務室だ。部隊内の事務全般の処理をしている。この荻原《おぎわら》中尉が、君の一時的な上司になる」

御堂の言葉で立ち上がった荻原中尉は、角張った顔が特徴的な男だった。

眼鏡をかけた御堂よりも少々年上だろう。体格が良くまさに軍人といった無骨な風貌だったが、レンズ越しのまなざしには優しい雰囲気がある。

「荻原中尉であります。あの古瀬《ふるせ》元大尉のところで働いているお嬢さんとは心強い。よろしく頼みます」

「は、はい上古と申します。これからひと月ほどよろしくお願いいたします」

珠は自分よりも一回り年上の男性に丁寧に接せられて、狼狽《うろた》えながらも頭を下げる。その中で古瀬元大尉とは誰だと考えて、すぐに銀市のことだと思い至る。

「銀市さんをご存じなのですか」

「私は、御堂少佐と共に古瀬元大尉の下に付いていたんだ。外見が許せばまだ部隊に居られたのだろうが、こうして外から補助してくださるのもありがたい」

語った荻原は、緊張に似た敬意を浮かべていた。

他の席に着いている軍人も似たような印象で、少なくとも忌避はされていないようだ。

珠が緊張していることに気づいたのか、荻原は表情を和らげた。

「人のお嬢さんが来るのは初めてだが、正直今は女性の君がいてくれるのは助かる。慣れない環境だとは思うが、徐々にやっていこう」

気遣いをされてしまい、恐縮してしまった珠だったが、荻原の言葉に引っかかる。

「女性の君がいてくれるのは助かる」とはどういう意味だろうか。

「じゃあ珠嬢、次の場所へ案内しようか。ここからだと次は……」

珠が考えている間に、御堂はさらに屋敷内を案内してくれようと促してくれる。

だが、話が途切れた頃合いを見計らっていた隊員達が口々に御堂へ話しかけてきた。

「御堂少佐、帝都内で流行《はや》っている絵札のまじないについて、新たな報告があります」

「くだんの連続不審火事件について、調査してきた者が戻って来ました」

「新しく確認された新興宗教ですが……」

御堂はそれらを聞いて苦笑いをする。

「……僕はどうやらここまでのようだ。あとは荻原に任せる。だけど、なにかあれば、遠慮せず僕のところへおいで」

「わかりました、お仕事お疲れ様です」

彼らの報告を受け始める御堂と別れ、珠は荻原と退出したのだった。

荻原と珠にあてがわれた部屋へ向かう途中、激しく言い合う声が聞こえた。

どうやら片方は女性のようである。

歩いて行くと野外に吹きさらしの能舞台があり、そこには、数人の隊員を相手に声を荒らげる妙齢の女性がいた。

きりりとした眉とまなざしが印象的で、真っ白い清潔そうな小袖に、目にも鮮やかな緋《ひ》色《いろ》の袴《はかま》を穿《は》いている。黒々とした長い髪を、白い髪紐《かみひも》で結い背中に垂らしていた。

だが珠から見える横顔は大変険しい。

「私は人に非《あら》ざる者を慰労し、喜ばせる祭りを行う助言をするために招聘《しょうへい》されております。ですが、この有様《ありさま》はそれ以前の問題です。仮にも人に非ざる者達を迎える場を、なぜここまで荒れ果てたまま放置しているのです！」

「なにぶん人手不足で……」

「人に非ざる者に人の道理は通用しません。怪異を相手取る組織としての自覚が足りなすぎます！」

駐屯所には明らかに場違いな女性と珠が面食らっていると、荻原が「失礼」と珠に一言断りを入れて、その渦中へと足を踏み入れた。

隊員達は荻原が現れると一瞬救いを得たような顔をしたが、女性に睨《にら》まれるとすぐに顔を引き締める。

荻原は女性に向けて丁寧に会釈をした。

「沢田《さわだ》さん、部下達がなにかしただろうか」

沢田と呼ばれた女性は、大柄な荻原にも怯《ひる》まず対峙《たいじ》すると、硬い声で経緯を説明する。

要約すると、神楽を舞う舞台となる能舞台はもちろん、屋敷全体に掃除が行き届いていなかった、ということだった。それを軍人達が「掃除を忘れていた」と語ったことで、沢田は彼らを叱責《しっせき》していたところに、珠達が通りかかったのだ。

彼女の言い分と軍人の言い分を聞いた荻原は、静かにうなずいた。

「沢田さんの意見はもっともです。沢田神社からわざわざお招きしているにも拘《かか》わらず、このていたらくで申し訳ない」

「これでは私が協力しても祭りを執り行うのは難しいでしょう。どうするつもりですか」

少し離れた所から見守っていた珠は、経緯はわからずとも深く納得する部分があった。

『確かに、玄関先も埃が溜まっておったり、廊下も砂っぽかったりしておったのう。人が出入りしているだけましだが、客を迎えるには不向きな環境なのは間違いない』

珠の気持ちを代弁するようにつぶやいたのは、珠の荷物の上に顔を出した貴姫《きひめ》だ。

牡丹《ぼたん》柄の打ち掛けをまとい、長い髪が片側だけ不揃《ふぞろ》いに短い彼女は、今回の護衛として付いてきてくれていた。

貴姫が袖で口元を隠し、袖を振って振り払っているのは、空気のよどんだ場所でよく出るもやだ。珠も彼らの手前言わなかったが、かなりまとわりついて困っていた。

そのとき、沢田がぐるりと顔を巡らせた。

「こんなところに女の子？　しかも妖怪と一緒にいる……？」

彼女は妖怪の姿を見て、声が聞こえるのだ。

しかし、沢田の戸惑い顔は再び険を宿し、荻原へと向かう。

これは良くない、と珠はとっさに声を上げた。

「はじめまして！　本日から派遣されてまいりました、口入れ屋銀古の従業員の上古珠と申します。こちらは私と同じく派遣されてきた貴姫さんです」

『うむ、貴姫じゃ。よろしく頼もう』

さらに荷物を掲げて貴姫を指し示すと、貴姫もまた胸を張ってみせた。

沢田だけでなく隊員達の注目が集まり、珠は怯みかける。だがすぐ彼らから驚きと緊張の声が密《ひそ》やかに聞こえた。

「銀古から派遣されてきた……？」

「と、いうことは古瀬元大尉の――」

やはり、ここでは銀市の名はとても有名なのだ。

沢田はひとまず珠に体を向ける。すっと伸ばした背筋は美しく、周囲に漂うもやですら寄せ付けない清浄さがあった。

「はじめまして、私は沢田伊吹《いぶき》と申します。沢田神社から派遣されてきた巫女《みこ》です」

「沢田さんは、御霊鎮《みたましず》めの儀式を監督していただくと共に巫女神楽を担当される方だ。彼女の補助も君に頼みたいと考えている」

荻原の補足に珠は納得した。珠が仕事として関わるなら、話はとても早い。

「……私の手伝いに、彼女が？」

にわかに信じられないと動揺を見せる伊吹に、珠は一歩進み出た。

「はい。現在部隊内で扱う事件数が急増しており、緊急性を伴うそちらへの対応に追われているそうです。先ほど総務室に伺いましたが、御堂様も大変お忙しそうにされておりました。ですが、特殊な職場ですので、雑務を担う外部の人間を容易に雇えず、どうしても人手が足りないと。なので祭りまでの間、家事全般の雑事を私が引き受けることになっております」

すると伊吹は少々ばつが悪そうに、軍人達をちらりと見る。

もしかしたら、それほど忙しいと彼女は知らなかったのかもしれない。だが、彼女が言うこともっともなのだ。

「沢田様のおっしゃるように、このままではお客様をお迎えするどころか、妖怪さんや隊員さんも病気になってしまいます。それを改善するために私が派遣されてまいりました」

銀市は自分が適任だと言ってくれた。ならば、初めての職場でも、珠のやり方で役に立ってみせよう。

「銀古では、普段から妖怪さんと共に家事全般を引き受けております。必ず改善いたしますので、どうかお時間をいただけませんか」

まっすぐ真摯に願った珠に驚き、言葉をなくした伊吹は、申し訳なさそうな色を浮かべる。すぐに珠からふい、と目をそらした。

納得してくれたと判断した珠は、決意を込めてぽかんとしている荻原を振り仰いだ。

「荻原様、掃除用具の場所と、お水とごみ捨て場のありかを教えていただいてもよろしいでしょうか」

『それと、手の空いてそうな妖怪どももじゃ。人間の手が足りないのであれば、妖怪の手を借りればよい！』

「あ、ああ。もちろんだ。……その前に、君の部屋に案内させてもらっても良いだろうか。業務に就く前に荷物を置いたほうが身軽に動けるだろう」

荻原にそう諭されて、忘れていた珠はかあと顔を赤らめる。

恥じらう珠に、緊張が緩んだのか、伊吹と隊員達が同じように笑みをこぼしていた。

＊

珠の仕事は、思った以上に多岐にわたった。

洗濯は近所に住む住民や業者に外注できていたが、炊事や掃除などは化け物屋敷《やしき》の内部に入るのを怖がった人々によって拒否されたらしい。

即座に生活へ影響する日々の食事の仕度に優先して人員を配置し、掃除は各隊員個人の裁量に任せた結果、母屋の掃除が疎《おろそ》かになったのが実態のようである。

どこもかしこも忙しそうで、その中でも、祭りをしようという覚悟と気概は感じた。

ならば、珠は彼らの仕事を支えるだけだ。

本部に来て数日経《た》った珠は、たすきで着物の袖をからげ、前掛けをすると、廊下の雑巾がけを始める。

ブリキのバケツの水に、雑巾を半分だけ浸し、乾いた部分に重ねて一気に絞る。

珠の行動を同じように真似《まね》ているのは、珠の膝ほどしかいない二本の角を持つ子供のような姿をした小鬼達だった。

そう、珠は軍人達にいたずらをして怒られていた彼らに、声をかけたのだ。

「とても上手ですね。たくさん雑巾を作ってくださると、とっても助かります」

珠が雑巾を絞り続ける彼らに感謝すると、照れた小鬼達はくねくねと身をよじる。

「では拭き掃除をしていきますね。……もしかしてこちらも手伝ってくださいますか？」

『こやつらそのようだぞ』

大きな身振り手振りと表情で感情を伝えてくる小鬼達は、家鳴《やな》りとはまた違う愛嬌《あいきょう》がある。

「では、雑巾は床に広げて、手は上に置いて、体重をかけてくださいね。せーので走りますよ。せーのっ」

かけ声と共に珠は、雑巾を押してたんっと廊下を走り始める。小鬼達もそれぞれの速度で雑巾をかけ始めた。

おかげで、かなりの長さがあった廊下もあっという間に綺麗《きれい》になった。

つやつやとした廊下に達成感を覚えながら、小鬼達と共にずらりと並んだ水道場で雑巾を洗っていると、誰かが近づいてくる。

「……すげえな、屏風《びょうぶ》の悪ガキ達が嬉々《きき》として手伝ってるって本当だったんだ」

振り返ると、シャツにサスペンダー姿の青年がいた。短く髪を切っており、全体的にがっしりとした体格をしている。

全身から活力を発散しているような彼は、珠と目が合うとにっかりと笑った。そうすると柴犬《しばいぬ》のような人なつっこさがにじむ。

そして、眼鏡をしていないのに、小鬼達にきちんと視線を向けている。眼鏡がなくとも見える人なのだ。

珠はすでに彼の名前を知っていた。

「こんにちは、久米《くめ》少尉さん。占領していてすみません」

「いやいや、まだそれくらい大したことないよ。むしろ隊員達の間で、新入りの下働きがすさまじい働きっぷりだって話題だよ。君が来た翌日から見知らぬ場所のように綺麗になっている！　ってね。俺もすごく思った。さっき歩いた廊下が砂っぽくないってな」

「そ、そうなのですか」

思わぬ話題のされ方に、珠の顔は朱に染まる。

本部に来た翌日の朝食時に、珠は部隊内に女中として入ると紹介された。

珠はその後の朝食時に彼らの好奇の視線を感じるばかりで、軍人は珠を遠巻きにしていた。その中で、唯一話しかけてきたのが彼、久米正治《まさはる》だったのだ。

年上の、しかも男性ばかりという職場は思えば初めてで初めはまごついた。しかし、彼のおかげで紹介されていない軍人達にも話しかけやすくなったのだ。

「あの銀古から派遣されてきたとはいえ、女の子が下働きに入ってきたと知らされたときはこれは俺達に向けての圧力かと思ったよ。婦女子に働かせるような無様を晒《さら》すなってね。でも君はたった一日にも満たない時間で見違えるようにしてくれた」

「私はいつものお仕事をしているだけですから……」

珠は久米の熱弁にたじたじになる。しかし、久米は力強く首を横に振るのだ。

「いやいやそれだけで、いたずら小鬼は懐かないよ。ひとまず預かったはいいけど、なかなか言うことを聞いてくれずに屏風から抜け出していたずらするから困っていたんだ」

「確か、華族のお家《うち》を困らせていた屏風の子達、なのですよね」

珠は小鬼達に助力を求める時に、あらかじめ荻原から小鬼達の来歴を聞いていた。

その昔、徳の高い僧侶がいたずらしすぎて行き場のなくなった小鬼達を、絵の中に閉じ込めたのだという。

経年劣化のために呪《まじな》いがほころび、小鬼達が屏風と現世を自由に出入りするようになったのだ。

ただ、小鬼達が現世に現れた本当の理由を珠はもう知っていた。

「小鬼さん達は皆さんの関心を惹《ひ》きたかったのです。自分達も交ぜてほしかったけれど、どうすれば良いかわからなくて、いたずらという形になりました。だから、お仕事を手伝っていただきやすかったのですよ。ね、皆さん。ありがとうございます」

珠が話しかけると小鬼達は笑顔で手を振る。ただ、ちょうど手を洗っていた真っ最中だった小鬼の手から水しぶきが飛び、久米に当たってしまった。

小鬼達は、びしょ濡《ぬ》れになった久米が面白かったのか、指を差して笑い転げる。

久米に睨まれると、ぴんと背筋を伸ばして去って行った。

もちろん汲《く》み立ての綺麗な水だが、十一月の水は冷たい。

久米は顔に手をやって雫《しずく》を振り払う。

「くっそ濡れちまった。あの性悪小鬼め、全然改心してねえな！」

「久米さんっ大丈夫ですかっ。綺麗な手ぬぐいです。どうぞ」

珠が大慌てで手ぬぐいを出すと、なにやら感動したように久米は手ぬぐいを見る。

「うわ、こんな風に気遣ってくれるなんて新鮮だ……」

「そう、なのですか」

「基本的に男所帯だからさ、こんなのすぐ乾くって放置が基本なんだよ。だから大丈夫だ。ありがとな」

快活に語る久米のそばに、橙色《だいだいいろ》の火の玉が現れた。ふわり、ふらりと揺らぐその炎は燃料となる薪や蠟燭《ろうそく》を持たずに虚空に浮かんでいる。

炎がひとりでに漂う光景は不気味と称してもおかしくはない。だが久米は親しみの籠もった笑みを向けた。

「お、ふらり火《び》も、心配してくれんのか。ありがとな。全く、あの小鬼達は一発ガツンと罰が下らなきゃわかんないかもしれないな」

久米の言葉に、ふらり火は、嬉《うれ》しそうに立ち上る炎を揺らめかせる。

「そちらの、妖怪さんは……？」

「ずいぶん前に保護した火の妖怪だよ。部隊内でふらり火って呼んでる。そうやって通称で呼ぶことで、彼らを定義して、消えないようにしてるんだよ」

「妖怪さんの名前は、大事だと教えていただきました」

そう、ともすれば名付けられたり呼ばれたりするだけで、相手を縛り付けてしまうほど強いものだと。

珠が神妙にするのがおかしかったのか、久米は明るい表情で言った。

「いやいや、こいつは本当にただふらふらと漂っているだけで害がないんだ。とはいえ火が勝手に動いているのは困るだろう？　だから本部にいてもらってる。今は屋敷内や、事件現場の明かりとして協力してくれてるんだ」

久米の言葉に呼応するように、ふらり火は炎を明滅させる。

「もしかして、意思の疎通ができていらっしゃるのですか」

珠が気づいて問いかけると、久米は得意げにした。

「ちょっとした方法があってね。ふらり火も俺に懐いてくれるから、色々試しているうちになんとなくわかるようになったんだ。『人と妖怪が共に過ごせる未来を作る』っていう、初代隊長の古瀬元大尉が定めた方針に従って、妖怪達と関わり、活《い》かすことを考えた成果だよ。……まあ、その方針を定めた本人がどうであれ、ね」

最後のほうは、久米の声が低くなったことと、ふらり火が活発に本体を揺らした姿に目を奪われて、珠には聞き取れなかった。

それでも珠は、古瀬元大尉という単語に、心のどこかが騒ぐのを感じる。本部に来てからよく聞く名前だった。

珠がそわりとしたのには気づかず、久米はさらに案じるように問いかけてくる。

「そうだ、小鬼だけじゃない。君はあの鬼のように怖い沢田さんともうまくやってるらしいじゃないか。俺もあの人のきっつい当たりを経験してたから大丈夫かなって思ってたんだけど、大丈夫かい？」

久米が本気で心配しているのがわかっただけに、珠は困惑した。

「伊吹さんは仕事熱心な方ですし、そういうことはありませんが……」

「下の名前で呼べるほど親しくなってるのか⁉　女同士とはいえすごいな」

さらに感心されてしまい、珠は伊吹がかなり微妙な立場なのだと改めて確信する。

ただ、珠には普通の女性のため、なぜそこまで忌避されているのかわからなかった。

珠がこの際だから聞いてみようとすると、先に久米が話し始めた。

「沢田さんは江戸《えど》時代から害をなす妖怪を退散、封印してきた由緒ある神社の巫女《みこ》なんだ。けど、なにが気に食わないのかやたらと突っかかってくるんだよ」

彼はやれやれといった雰囲気で肩をすくめる。

「俺もふらり火と話していると『妖怪との距離が近すぎる』って言われたよ。祭りの指揮と監督を引き受けたのも、俺達の間では嫌がらせのためじゃないかって話が……」

「それは、違うと思います」

珠がそっと異を唱えると、久米は面食らったようだ。

「久米少尉殿！　不審火事件についてお話が……」

遠くから久米を呼ぶ声が響いてきて、久米は話を切り上げることにしたようだ。

「まあ、いいや。とはいえ、同じ妖怪が見えるもの同士、今までの君の苦労はわかるよ。でもここにいる間は安心してほしい。妖怪だって人間と同じように仲良くなれるからな」

久米に呼応するようにふらり火が嬉しげに炎を揺らす。

彼は手ぬぐいを珠に返すと、ふらり火と共に去って行った。

彼らを見送った珠は、肩口で貴姫がうろんな目で久米の背を追っているのに気づく。

『あの男、ちぃと勘違いしておるの。まるで妖怪が人間と同じだと思っておるようじゃ』

「そう、なのですか？」

『……まあ良い。それよりも珠よ、巫女のところへ行かぬで良いのか』

珠は貴姫の言葉を疑問に思ったが、彼女の指摘で頭を切り替えた。

バケツに新たな水を汲み、新しい雑巾を持って能舞台へと向かう。

そこでは、白い小袖をたすきでからげ、袴《はかま》の裾を脇の紐《ひも》に挟んだ伊吹が雑巾がけをしていた。四つん這《よ ば》いで、舞台の端から端まで駆け抜けて行く姿は堂に入っている。

その手際に珠は感心しながらも、小走りで近づき伊吹に声をかけた。

「伊吹さん、遅くなりました」

「ああ、珠さん。いいわもう終わるから」

一旦止まった伊吹はそう返すなり、さっさと拭き上げてしまう。

床は、初日とは見違えるように美しい艶を帯びていた。

「あなたはここの掃除をしなくていいって言ったでしょ。早く来る必要はないわ」

「そう、ですか……」

確かに、必要はなかったのだが、できれば間に合わせたかった。珠が悄然《しょうぜん》とすると、袴を元に戻した伊吹はばつが悪そうにした。

「言葉が強かったのなら謝るわ。あなたがこの母屋のほとんどの掃除をしているのでしょう？　その上で私を手伝わなくていいわ。ここは私の奉仕の場よ。仕事を受けた以上、その中で最大限の奉仕をするのが私の役割だもの」

強い芯を感じる言葉に、珠は身が引き締まる気がした。そして、久米の言葉が的外れなものだと改めて確信する。

「やはり伊吹さんは真面目でいらっしゃいますね」

珠が尊敬の目で見つめると、伊吹は若干顔を赤らめた。

「そんなことより、伴奏係を連れてきたいから手伝ってちょうだい」

もちろん否やはない。

珠は伊吹と協力して納戸にしまい込まれている楽器を取り出し、規定の位置に置いた座布団の上に設《しつら》えていく。

すると、太鼓の本体からたくましい腕がにゅっと伸び、ばちを握る。和琴には獣のような足が生えたかと思うと、体を揺するたびに音が響く。笛はひとりでに心地よい音をこぼしていた。

珠は、伊吹の表情がわずかに緩むのを見た。

「ではまずは一曲目をさらわせてください」

伊吹が神楽鈴と呼ばれる、鈴の付いた鉾《ほこ》を右手に持ち、その柄から伸びる五色の布を左手にゆったりと構えた。

珠は舞台の邪魔にならない隅に座り、伊吹の舞を眺める。

知らない曲、知らない振り付けだ。しかし、村にいた頃に珠が舞っていたものに通じる雰囲気があった。

舞う間の伊吹の横顔は澄み渡り、こちらまで洗われるような清冽《せいれつ》さがある。表情は動かず、さりとて動きは軽やかで超然とした空気を感じた。

一筋もよどむことなく舞いきった伊吹は、演奏をしてくれた楽器の付喪神《つくもがみ》達に一礼したあと、珠を向く。

その表情はどう扱って良いかわからない困惑に彩られている。

「熱心ね。あなたの仕事に戻っても良いのよ。まだまだやることは山積みなんでしょ？」

「大丈夫です。午前中の仕事は、すべて終わらせて来ております。あとは昼食の準備の応援くらいなんです」

「確かに能舞台以外も隅々まで掃除が行き渡っていたわね……。あなた、本当に家事の手際は玄人《くろうと》なのね」

誤解をしてほしくなくて珠が主張すると、伊吹は若干顔を引きつらせながらも賞賛してくれる。

珠は少々照れたが、それだけではなかったので、おずおずと付け足す。

「それに、伊吹さんの舞と、自分が学んだ舞はなにが違ったのだろうと思ったのです。見続けていれば、その理由がわかるのかなと」

すると伊吹が意外そうに眉を上げる。

「『自分が学んだ舞……』ということは、あなたも巫女をしていたことがあるの？」

「はい、故郷では神事のたびに神楽を舞っていました。少なくとも、私が舞っても、伊吹さんに感じた美しさや強さみたいなものはなかったと思います」

珠は、故郷の村で贄《にえ》の子として崇《あが》められていたが、それ以外にも役割はあった。

その一つが、舞を披露することだった。たいていが祭りのためで、珠は毎日のように舞の稽古をしたものだ。

だから伊吹の一挙手一投足にどれほど体力と鍛錬と忍耐が必要か、珠は知っている。自分と自分に教える禰宜《ねぎ》の舞う姿しか知らなかったからこそ、伊吹の舞の美しさに心を奪われたのだ。

「伊吹さんの舞はどこか優しいです。気持ちが動きの一つ一つに表れていて、見ている私も心地よく感じます。私もそれなりに練習をしましたが、失敗しないようにすることばかり考えていました。だから、伊吹さんはすごいな、と……あの？」

そこまで語った珠は、伊吹の顔が林檎《りんご》のように朱に染まっているのに気がついた。

挙動不審に視線を虚空にさまよわせた伊吹は、こほんと咳払《せきばら》いをする。

「舞を褒められることって滅多にないのよ。少し驚いたわ」

「ご、ごめんなさい」

「謝らないで。それに、私が舞いながら思っていた『誰かに捧《ささ》げて祈る』という気持ちを、あなたが受け取ってくれたことがわかって……嬉しくも、あるし」

尻すぼみに語った伊吹は、気分を悪くしたわけではないようだと、珠はほっとする。

「前にも言ったけれど、見学自体は迷惑じゃないわ。私といると、部隊の方と折り合いが悪くなるかもしれないのが気になっただけ」

「確かに、部隊の方は伊吹さんのことをなんというか、そのう……」

直接的に言えば角が立つ、と珠はなんとか言葉を選ぼうとしたのが、しどろもどろになってしまう。伊吹は苦笑しながらもきっぱりと言った。

「あなた、言葉で気を遣うのが下手ね。無理しなくていいわ。あいつら……特に若い連中は私をうるさく思っているでしょ」

「……はい」

珠は申し訳ない気持ちになりながら肯定すると、伊吹は採り物の布を軽くまとめながら近づいてきた。

「まあ仕方ないわ。あいつらを見てると、どうしてもきつい物言いになっちゃうし」

「なにか、理由があるのですか」

伊吹の物言いに珠は表面の意味だけではない重みを感じた。すると、小さく笑った伊吹は珠の近くに座した。

「八つ当たりなのよ。私が実家を継げない、ね」

「やつあたり、ですか」

あまりそぐわないように思える言葉だった。珠の顔に疑問符が浮かんだのがわかったのだろう。伊吹は話してくれた。

「私は沢田神社というところの一人娘なのだけどね、明治になってから女子は神主を継げないと法律で定められてしまったの。私は小さい頃から神々に仕えて奉仕し、人に非《あら》ざる者と人との仲を密《ひそ》かに取り持つのだと思っていたわ。そのためにもしっかりと奉職の作法を身につけた。なのにたかだか女だから神社を継げないと言われたとき、なにを馬鹿なと思っちゃったのよね。だって明治になる前には、ご先祖様に女神主は普通にいたのによ？神主が女だからってなにも悪いことなんて起きなかった。政府が勝手に決めた法律で伝統が途切れてしまうのよ」

伊吹は平静に話していたが、言葉の端々には隠せない怒りがにじんでいた。

珠にとっては、女だから男だからと区別されるのは当たり前で、そこを疑問に思ったことなどなかった。

けれど、当たり前だと思っていた世界が一夜で覆る衝撃は知っている。

「それは……おつらい体験でしたね。その政府側の部隊に協力するのがご不満になるのは仕方がないと思います」

「ありがとう、でも役目はきっちり果たすわ。私だって妖怪と人がこれからも良き隣人としていられたらと思っているのだから」

そう語る伊吹の表情には、己の不満を乗り越えた覚悟を感じた。

しかし彼女の表情はすぐに曇る。

「ただね、いくら妖怪と人が共存できたらと思っても、近づくのには限度があるのよ。妖怪はけして人間ではないの。そこがわかっていない隊員が少なからずいるのも、棘《とげ》が混じる理由なのかもしれないわ」

伊吹がなにを懸念しているのか、珠にはわからない。けれど、彼女の口ぶりも声音も平静で客観そのものだ。

「やっぱり、伊吹さんがお仕事に真摯に向き合われていると思ったのは、間違いなかったのですね」

伊吹は責任感が強いからこそ自分にも相手にも厳しくなり、それが言動に表れるのだ。

珠にはないしなやかな強さが心地よく、伊吹のことが嫌いとは思わない。

だから、ぎょっとする伊吹に改めて伝えた。

「伊吹さんが御霊鎮めの祭りの監督を十全にできるよう補助するのが、私の役割です。なんでもご用命ください。それに、私の立場が悪くなることを気にされていましたが、大丈夫です。臨時の派遣員ですから、祭りが終われば部隊とは関わりはなくなります」

珠が目を細めて見つめていると、伊吹は、なぜか恐れと好奇が混じった色を見せた。

「まあ、あなたはあの銀古の人間なのだものね。さすがの肝の据わり具合だわ」

とたんに珠の胸は騒ぎ始める。この場では「あの」銀古、「あの」古瀬元大尉という単語をよく聞く。知らない銀市の気配を色濃く感じた。

「伊吹さんも、銀古のことをご存じなのですか」

「と、いうか。なのだけど。数代前の宮司が銀龍と知り合いだったらしいわ」

さすがに思いもよらない話に、目を丸くして見返すと、伊吹は困った顔をする。

「私は小さい頃に一目見た程度だけれど……父は時々会っているようよ。年賀状は、毎年送っているみたいだし」

「そう、だったのですか……」

思わぬところで銀市とつながり、珠が驚いている間に、伊吹は続けた。

「それ以外でもね、私の神社は特に退魔や悪霊封じを家業にしているから、妖怪界隈《かいわい》の話は入ってきやすいの。父から銀龍一派の話は、子供の頃から聞かされていたわ。軍を退役したあとに口入れ屋を始めたときなんて、ちょっとした騒ぎになったくらいだもの。……けれど、その顔だと全く知らなかったようね」

「すみません。私はそのう、口入れ屋である今の銀市さんしか知らなくて」

その通りだった珠が思わず自分の顔を触ると、伊吹は小さく笑った。

「あの銀龍を名前で呼べることが、私にとっては驚くべきことなのよ」

そう、語った伊吹の声は緊張しているように感じられた。

「幕末の動乱期から、銀龍は妖怪と人間の仲立ちをしていた。一気に入り込んで来た外国の妖怪と拝み屋の衝突であわや江戸が火の海になるところを、彼が収めたというわ。特異事案対策部隊ができたあとは、人間だけでなく、妖怪を悪用する者も退けて、妖怪からの信頼と協力も得た。そして、妖怪に勢力が傾く前に一線を引いた。普通の人間じゃ、あれほど潔く手放せるわけがないわ。下世話な人は『きっとなにか別の理由があるはずだ』と噂《うわさ》をしているし、今でも警戒する人がいるくらい」

その声音に珠はもしかして、と思い至る。

「伊吹さんは、銀市さんのことが怖い、でしょうか」

「……そうね。本人を身近に知っているあなたに言うのもどうかと思うけど、怖いわ」

肯定した伊吹の表情は確かな恐れが混じっていた。

「幼い頃、父に古瀬さんと引き合わされたことがあるの。そのとき、私は大泣きしたわ。水を司《つかさど》る神社だから、水は親しいものだったはずなのに、彼の全身から感じられた激流のような水の気配が恐ろしかったの。父には『敏感なせいで、気に当てられたのだろう』と言われたし、古瀬さんも寛大に許してくださったけれど……。あのひとは人間とは違うものなんだと、心に焼き付いたわ」

そこまで話した伊吹は、我に返ると申し訳なさそうにする。

「私の話になっちゃったわね。とはいえ、なのだけど。少しでも銀龍の逸話を知る人間や妖怪なら『恐れ』は等しく感じていると思う」

「恐れ……」

「退魔を生業《なりわい》にしている人間なら、銀龍一派にはとにかく下手に手を出すな、というのが不文律だったの。ひとたび荒ぶれば江戸一帯に三日三晩豪雨を降らせたとか、敵対する妖怪の集団をたった一人で壊滅させたとかいわれる相手よ？　世が世なら神として祭られていたかもしれない相手をどうこうできるわけがない。そもそも、銀龍は誰よりも妖怪達に秩序を守らせていた。賞賛や名誉を一切求めず、人と妖怪のために心を砕いていたわ。裏があったほうがうなずけるくらいに清廉潔白な妖怪なのよ」

珠は伊吹の口ぶりで、彼女が銀市が半妖だと知らないのだと悟る。以前銀市が半妖であることはごく一部の親しい者だけしか知らないと言っていたが、本当なのだ。

そのように、いわば外の人間の視点から聞く銀市の話が新鮮だった。

珠が知る彼は、いつも穏やかで、冷静で理知的だ。

時々珠を驚かせるような茶目っ気を見せながら、せっかく口入れ屋を開いたのに、人の客が来ないことをかなり気にしているような。

伊吹の話のような猛々《たけだけ》しく恐ろしい姿は、珠の持つ銀市の印象とうまく重ならない。

それでも、と珠は昂揚《こうよう》する胸に手を当てた。

以前知らない銀市を前にしたときは、胸の当たりに寒風が吹き込むような寂しさを覚えた。けれど今は、少し違う気がする。

もっと知りたいという期待に、鼓動が速くなっている。

「あの、伊吹さん……」

珠がさらに促そうとしたとき、母屋につながる廊下から、焦った足音が響いて来る。

間もなく現れたのは、御霊鎮めの祭りの進行を務める隊員達だ。彼らは軍服ではなく、白い小袖に浅葱《あさぎ》の袴《はかま》に白足袋を履いていた。

「申し訳ありません、お待たせしてしまい」

「いいえ、私が早く来ただけです。お気になさらず」

すっぱりと言い抜いた伊吹は、硬質な表情に戻っている。隊員達も一気に気を引き締める。彼女の硬い態度は、隊員達に緊張感を持たせるには最適なのだ。

練習を見学し終えた珠は、冷たい廊下を歩いて行く中で、だんだんふくれあがっていく衝動を感じていた。

ここには、知らない銀市がいる。

特異事案対策部隊は、銀市が立ち上げた組織だ。部隊の中だけでなく、伊吹のような外部の人間でも銀市を知る人がいる。

では口入れ屋になる前の彼は、どのように過ごしていたのだろう。

そのような考えが脳裏をよぎった珠は、ふるふると首を横に振った。

「いけません、私はここにはお仕事をしに来たのです」

「なにがいけないんだい？」

「ひゃぁ!?」

急に声をかけられて、珠は素《す》っ頓狂《とんきょう》な声を上げてしまった。

驚いた心臓がばくばくと駆け足で鼓動を打つ。

小さな貴姫が現れて憤慨した。

『御堂、珠を驚かせるでない！　もっと普通に声をかけんか！』

「いやいや、僕はけっこう普通に話しかけたと思うけどなあ!?　でも驚かせるつもりはなかったんだ、ごめんね」

「い、いえ申し訳ありません、思案にふけっておりまして気づきませんでした」

とんでもないと珠が頭を下げながら、改めて声をかけてきた御堂を見上げた。

彼は外出してきたところのようで、軍服の上に表面に部隊の紋が染め抜かれたマントを羽織っている。龍が意匠化されたその紋は、特異事案対策部隊固有のもので、文字が読めない妖怪達でも助けが求めやすいように、付けられたものなのだという。

眉尻を下げた御堂は、なぜかマントの中にもぞもぞと手を隠していた。

なんだろう、と内心珠が首をかしげていると、彼はこほんと咳払《せきばら》いをして内緒話をするように声を潜める。

「ところで珠嬢、貴姫さん。緊急の用事はあるかい？」

「特には、ございませんが……？」

「なら、僕の共犯になってくれないかな」

悪い顔をした御堂がマントの下から取り出した箱を開けると、そこには黄金色に焼けた西洋の焼き菓子が入っていたのだった。

＊

御堂が珠を連れてきたのは、母屋の端にある渡り廊下を進み、飛び石でつながった離れだった。彼個人の居住空間だと言っていた建物だ。

純和風の瓦屋根の平屋建てで、表から見てもそう大きくはないが、それでも母屋と比べてだ。個人の敷地《しきち》に、母屋とは別にさらに一軒家が建つということ自体が、途方もない財力を感じさせた。

御堂はまさに自分の家の気安さで鍵を開けると、中へと招き入れる。

室内に台所はなかったが、七輪と薬缶《やかん》などの簡単な給湯設備はあり、珠は早速台所で分けてもらった火のついた炭を七輪に移して湯を沸かす。

「お茶はそこの戸棚に入っているはずだから、好きに使って」

「はい」

仕度したお茶を持って行くと、御堂に畳敷きの部屋で、座布団を勧められた。

先ほど準備した火鉢が、ほんのりと温かい。

床の間には掛け軸などはなく、代わりに脚のついたなにかの遊戯盤が置かれていた。木製の表面は飴色《あめいろ》に変わっており、側面の彫り物や、板の厚みから古く上等なことは充分に感じられた。

珠は妙に興味が引かれたが、御堂はマントを脱ぎ、上着の釦《ボタン》をいくつか緩めて、共犯者になる茶請け――マドレーヌというらしい焼き菓子をぱくつき始める。

「良かった良かった。部隊全員分はさすがに準備できないからさ」

「私もご相伴に与《あずか》りまして、恐縮です」

「いやいや、珠嬢を休ませるって大義名分で、僕もちょっと休憩できるんだ。だから共犯なんだよ、ぜひどうぞ」

御堂に勧められた珠は、おずおずと、平たい紙の容器に流し込まれてこんがりと焼かれたマドレーヌを手に取る。

ほんのりとバターの香りがして、紙をはがしてかぶりつくと、ぱっと小麦の風味と砂糖の甘みが広がる。カステラに似ているが、さっくりとした舌触りで、バターのコクが感じられた。食べるのは初めてのはずなのに、どこか懐かしい気分になる。さっぱりとした緑茶が意外によく合った。

御堂が銀古に持って来る菓子はいつもおいしい。銀市も案外西洋の菓子は嫌いではない様子だった。きっと銀市の口にも合うだろう。勧められないのが残念だ。

そんなことを考えながら、珠が大事にマドレーヌを囓《かじ》っていると、早速一つ食べ終えた御堂に話しかけられた。

「ここで働いてみてどう？　僕は他の仕事があるからあまり見に行けなかったけれど」

それが本題か、と珠は突然の誘いの理由にようやく気づいた。

「すべきことはたくさんあってやりがいがあります。部隊の皆さんも、伊吹さんも良くしてくださいますし、忙しいこと以外は良い職場です」

「そっか荻原から報告は受けてたけど、君自身もそう言ってくれるなら良かった」

「お気遣いくださり、ありがとうございます」

明るく言う御堂だったが、珠は知っている。ここ数日遠目で見た御堂は、隊員達に囲まれ、移動中も常に複数の報告を聞きながら指示を出していた。

恐ろしく忙しいのは、内容がわからずとも感じられる。

御堂はかなりあけすけに語るほうだが、共犯だと語りながらこの行為が珠を気遣う意図なのはなんとなく察せられた。

そんな御堂は、揶揄《やゆ》するように脇息《きょうそく》に頬杖《ほおづえ》を突く。

「けど、銀市は珠嬢からまだ報告の手紙がないって残念がっていたよ」

さわと心が揺れたが、珠は努めて平静を装って問い返した。

「御堂様は、銀市さんのところに行かれたのですか？」

「色々用があったから。珠嬢が手紙を送っていなかったのなら、伝言でも預かったんだけどな」

「いえ、良いのです。お元気そうでしたか。ご飯はちゃんと食べられていたでしょうか」

「うん、ちょうどお昼時だったんだけれど、珠嬢が用意してくれた献立表のおかげで、いつもとほとんど変わらないみたいだよ」

御堂の返答に珠は安堵《あんど》した。準備期間が短かったから、家鳴り達にきちんと伝達できたか不安だったのだ。

銀市が食事をしている風景を思い浮かべていると、御堂がさらに問いかけてくる。

「……ねえ珠嬢、銀市と色々あっただろう？」

珠の脳裏に鮮やかに蘇《よみがえ》るのは、踊りを教えてもらったあの一夜だ。

引き寄せられたときの力の強さ。手が包み込まれたときの手の大きさ。

どきどきと高鳴る心臓の音が聞こえないかと不安なのに、終わってほしくなかった。

そして、楽しげな表情で語ってくれた……珠の知らない銀市の過去。

御堂がやわらかく、目を細める。

「うん、君はあんまり表情が動くほうではないけれど、その反応は僕でもわかるよ」

珠ははっと我に返って答えた。

「私が、銀市さんへ抱いている想《おも》いが違うというだけです。銀市さんのお手を煩わせるつもりはございません」

御堂は以前、銀市の平穏を脅かすかもしれなかった珠をけん制したことがある。だから自分の方針をきっぱりと伝えると、御堂は目を見張った。

「いやいや、個人の感情をどうこうしようとは思わないし、むしろ今回は君の役に立ちたいと思っているんだよ」

ならば、なぜ話を持ち出して来たのだろうか、と珠が不思議に思っていると、御堂が身を乗り出してきた。

「特別な感情を抱いているというのなら、銀市のこと知りたくならない？」

「！」

どきり、と珠の心臓が跳ねて頬に熱が上る。

頭の隅でずっと考えていて、けれど仕事の支障にならないよう思い出すまいとしていた、癖のある黒髪を括《くく》った端麗な顔が鮮明に蘇る。

熱い頬を隠そうとしても、手にはマドレーヌがある。

なんと言葉を返せば良いかと右往左往して、そっと御堂を窺う。

彼は珠の反応など織り込み済みだといわんばかりに泰然としていた。

「君の派遣をお願いしたのは人手が絶望的に足りないというのもあったけど、君の世界が広がれば良いというのもあったんだ。ここには、見えないけれど妖怪に親しむ者や、沢田嬢のように幼い頃から妖怪が見えていた人も集まっている。どう思うかはもちろん珠嬢自身だけれど、今までと違う人間を見るのも良いだろうってね」

確かに、ここには珠が出会ったことのない価値観の人々がいて、驚きに満ちていた。そのような意図があるとは思わず面食らった珠だったが、御堂は眼鏡の奥の瞳が真摯なことに気づきはっとする。

「銀古は確かに安心できる場所だけど、どちらかというと妖怪の側に立っている。だから人として頼れる場所があると良いと思ったんだ」

「御堂様……」

「まっこれも全部銀市から提案されたのだけどね」

まさかそこまで珠のことを考えてくれていたとは、と圧倒されていたのだが、付け足された言葉に肩透かしを食らわされる。

御堂はなんとも言えない笑みをこぼした。

「ああ、僕も君には人の味方が必要だと思うのは本当だよ。けれど派遣の提案も銀市からだったんだ」

「なぜ、銀市さんはそのようなことを御堂様に頼まれたのでしょう」

銀市が珠をそのような部分まで考えていてくれたことに戸惑い、しかしそれを珠に言わなかったことに困惑する。

どう反応して良いかわからない珠に、御堂は肩をすくめた。

「僕にもまだまだあの人のことはよくわかんないんだ。けど、一年以上関わって来て確信しているのは、懐に入れた人間には、大事であるほど秘密主義になるんだよ」

珠は御堂の言葉になにか別の感情が混じっている気がした。

が、珠にはその感情がなんなのかわからないうちに、御堂の表情はいたずらっぽい笑みに変わる。

「銀古が世間にどういう風に受け止められているかや、銀市がどんな扱いをされているかは、ここで充分見聞きできる。でも、銀市の思い出話はなかなか難しいだろう？　この際知っていることを明かしちゃう悪い人がいても良いと思うんだよね」

「御堂様は、どうして私をそれほどおもんぱかってくださるのですか？」

銀市に頼まれただけであれば、御堂が悪者になってまでそのようなところにまで踏み込んで話す必要はないはずだ。

御堂にとって珠は、銀市のおまけみたいなものだと考えていたから不思議だった。

珠が答えを待っていると、御堂は一瞬床の間に目を向けた。

そこには、珠にはよくわからない遊戯盤だけがある。

すぐに視線を珠に戻した御堂は困ったように笑んだ。

「うん、そうだね。僕は銀市には平穏であってほしい。あの人が踏み込ませないなにかを、いつか知れたら良いと思うよ。けれど同時に僕にはわからない苦労をし続ける若い君を、ちょっとぐらい助けられる大人でありたいな、とも思うんだよ」

目を細めた御堂の表情は、どちらかというと、瑠璃子《るりこ》や狂骨《きょうこつ》が珠を見るまなざしに似ている気がした。

珠にはこのように気にかけてくれる人達がいるのだ。ほんのりと心が色づくようだった。御堂のことも含め、銀古を離れて、今まで珠が知らなかったことをたくさん知れている。充分ではないかと思うのだが、脳裏に浮かぶ銀市が頭から離れない。

握った食べかけのマドレーヌに視線を落とし、珠は葛藤した。

御堂だけが知る銀市について、とても聞いてみたい。けれど、銀市本人が知らない場所で、聞いても良いのだろうか。

嫌われてしまったらどうしようかと思うと、きゅっと苦しくなる。

以前の珠だったら、こんな風に悩むことはなかっただろう。人を不快にさせる可能性があるなら、すぐに諦めていた。

なのに、今はわくわくとした好奇心を消しきれないのだ。どうしたら良いのだろう。せめて銀市に確認できたら良いのに、と途方に暮れる。

ふいに、連絡を取る方法が一つだけあることを思い出す。

珠は御堂をちらりと見る。曖昧な表情で待っていた御堂は問いかけてくる。

「どうする？」

「…………あの、保留、にさせてください」

予想外だったらしく、御堂が目を丸くする中で、珠は部屋の机に置いたままの便せんを思い出していた。

＊

珠のために用意された部屋は、母屋のかなり奥まった場所にある。

板戸の扉には鍵が取り付けられていて、鍵を持った人間以外は出入りできないようになっていた。こういった個人の自由を守れる構造なのは、外から招いた客が泊まるための客室だかららしい。

事実、珠の部屋の並びには、同じような引き戸がいくつか並んでいた。

内部は十畳ほどの典型的な和風の造りで、広さはどうあれ珠にもなじみ深いものだ。

隊員達は宿直当番以外は、別棟の寮で寝泊まりしている。だから女性としてのそういった方面での安全も考慮に入れている、と荻原は話してくれたものだ。

すべての業務を終えて自室に戻った珠は、内鍵を閉めて、ふうと息をつく。

持っていた洋燈《ランプ》を文机《ふづくえ》に置き、懐にしまっていた櫛《くし》も文机に広げた手ぬぐいの上にのせると、人形のような姿をした貴姫がすぐ現れる。

『今日もお疲れ様じゃったのぅ』

「貴姫さんもお疲れ様でした」

彼女も一日中気を張りっぱなしだっただろうに労《いたわ》ってくれて、珠はその気持ちが嬉《うれ》しいのだ。とはいえ、珠もまたさすがに疲れを感じていた。

かつん、と軽い音が響いた。珠は音が聞こえてきた窓のほうを見て、はっとする。

窓の外に手のひらに乗るような小さな鳥が一羽《わ》、留まっていた。

白い羽に金色の瞳の小鳥は、珠が見ている間にも、くちばしで窓を突いている。

だが、今はもうすでに夜だ。夜目が利かない鳥が飛んで来ることはあり得ない。

それができるとすれば、鳥であって鳥でない……人に非《あら》ざるものだ。なにより珠はその鳥を知っていた。

珠が洋燈を片手で照らしながら、いそいそとガラス窓の鍵を開けると、冷たい夜風が頬を撫《な》でる。

小鳥は少し開いたガラス窓の隙間から、ちょんちょんと跳ねて入ってくると、すいと羽ばたき珠の元へ飛んでくる。

そして珠の手に留まったときには、紙で折られた小鳥になっていた。

とくとくとくと、鼓動が速まるのを感じる。一気に落ち着きがなくなってしまう。

文机にいる貴姫が、珠の手元に気づいてやんわりと笑んだ。

『おお、ヌシ様からの手紙ではないか。珠が手紙を送ったのは今日だというのに、もう返事が届いたのかの』

「そう、なのでしょうか」

珠は昨日、御堂の話を保留にしたあと、銀市に伺いの手紙を書いたのだ。

銀市が貸してくれた万年筆で、こちらの近況を伝え、銀古の様子と、銀市の体調を問うまではなんとかなった。けれどやはり、経緯を説明して、御堂に軍役時代の話を聞いても良いかと尋ねる文面を作るのは、とても困難だった。

部屋のくずかごには、書き損じた便せんが山になっている。

元々、二、三日に一度は業務報告を入れる約束だった。

だから、手紙を送ること自体は必要だ。

けれどどんな文面を送ることで、銀市を困らせてしまわないか。とても不安で、それでも聞きたい気持ちを抑えきれない自分が不思議だった。

これほど真剣に手紙を書いたのは初めてだろう。

書き直しすぎて最後には便せんがなくなってしまい、悩みに悩んでなくしたい一文だけは塗りつぶして送るしかなかった。

そうして、ほとんど徹夜をして書き上げた手紙を、外へと向かう天狗《てんぐ》の善吉へ託したのが今朝だ。

帝都内であれば、朝に出せば夕方に届いてもおかしくないが、この本部は帝都の端のほうである。仮に善吉がすぐに投函《とうかん》してくれていたとしても、その手紙が届くのは翌朝になるはずだ。今、返信が届くのはあり得ない。

ほんのりと期待してしまう気持ちを珠は抑えた。

「私が、なかなか業務報告を送らなかったので、きっと心配されたのでしょう。行き違いになって申し訳ありませんね」

自分に言い聞かせるように、珠は貴姫に答えつつ、窓を閉めて文机の前に座る。

洋燈の明かりで橙色《だいだいいろ》に染まった手紙の小鳥の表面に、大ぶりで端正な筆致を見つけた。

「上古珠殿」と書かれた文字をなぞる。裏返すと「古瀬銀市」とこちらは控えめに書かれていた。

銀市の文字だ。小鳥の姿をしていても確かに彼からの手紙なのだ。

彼の大きな手が、丁寧にこの鳥を折る姿を想像して、無意識に笑みをこぼす珠だったが、それきり、手が止まってしまう。のぞき込む貴姫が不思議そうにする。

『どうしたのじゃ。開かないのか』

催促されても、珠はなかなか手紙をほどくことができなかった。とく、とく、とくと緊張が増す。

華族令嬢で友人の冴子《さえこ》や、娘義太夫《ぎだゆう》の染《そめ》の手紙は何度も受け取ったことがある。冴子からの手紙を初めて受け取ったときも、このように緊張していたが、そのときとはまた違う感覚だった。

そう、嬉しいのに、開けてしまうのが惜しいような。怖いような不思議なものだ。

やはり、銀市への想《おも》いは違うのだろう。

珠は小さく息を吸って、吐いたあと、破かないよう慎重に折り目をほどいていく。

薄くて、なめらかな紙を開くと、冒頭の一文が飛び込んできた。

『手紙をありがとう。善吉が直接君の手紙を届けてくれた。取り急ぎですまないが返信をしたためている。』

珠の心がふわりと昂揚《こうよう》した。喜びと安堵《あんど》で全身が満たされて、頬が熱くなる。

「読んで、くださったのですね」

もう、それだけで充分だと思った珠だったが、しかしすぐに気づく。手紙を読んで返信をしているということは、あのお願いへの返答も入っているのだ。

別の緊張で満たされた珠は、再び速まる鼓動を感じながら読み進めた。

『気遣い感謝する。まずは銀古の近況を書き連ねていこう。こちらは少々忙しいがなにごともない。家鳴り達は君がいずとも三食を準備してくれていて、俺は助かっている。帰って来た君に褒めてもらいたいようだ。できれば褒めてやってほしい。
ただ、意外に火鉢が残念そうだ。普段は客のそばにいるが、君の部屋がある二階の階段下で立ち止まっていることが多い。』

書き言葉は、普段聞いている話し言葉よりも少し硬い口調なのが新鮮で、けれどだんだん印象が重なり、なじんでいく。
珠がいないときの妖怪達の様子がかわいらしく、珠はふふと笑みをこぼす。

『君は大事ないだろうか。貴姫が付いているとはいえ、男所帯の職場に送り込むことになったのは、案じていた。嫌な思いはしていないだろうか。君は仕事熱心だから、業務に対して心配はしていないが、熱心になりすぎて、無理をしないかは気がかりだ。』

文面から、銀市がどんな表情をしているのか、珠は容易に想像できた。
これを書いたのは、居間でだろうか。それとも書斎でだろうか。もしかしたら店番の合間に筆をとったのかもしれない。そんな風に考えることすら、胸が弾んだ。

『そして、質問の件だが、』

「っ……」

小さく、息を呑《の》む。珠が読み終わるのを期待している貴姫を見て心を落ち着けた。

珠は自分がどのような文面で質問をしたかは、今でもはっきり思い出せる。

「こちらに来て、銀市さんが軍人さんにどれほど慕われているかを知りました。なのであなたがどうやって人と妖怪と折り合い過ごしてきたのかを知りたいのです。そうすれば私が人の間で、もう少し上手に過ごせるのではないかと思いました」

彼自身のことを知りたい、とはやはり気恥ずかしく控えてしまったが、これもまた本心だった。

『年を食った者の昔話など、あまり面白くないと思うのだが、君が知りたいというのならかまわない。ただそれなら――』

苦笑がわかる、その返答。けれど承諾の返事に珠はどっと安堵した。

『珠よ、ヌシ様からなんと書かれていたのじゃ』

「たくさん心配してくださっていました。それと銀市さんの昔話を聞いても良いそうです」

『おお、それはよかったの！』

貴姫が喜んでくれるのに、珠は微笑《ほほえ》みながら、明日うまく会えたら、御堂にも伝えなければと心に決める。

手紙を読み終えた珠は、ふと、手紙の裏に一行走り書きがあるのを見つけた。

なんだろう、とさりげなく目で追った。

『君がいない店は、少し寂しい』

なぜ、裏にあるのか。意味はすぐに悟った。

珠が最後に塗りつぶした部分、普段の墨と筆であれば綺麗《きれい》に見えなくなっていたはずだが、万年筆だったから、読み取ろうと思えば読み取れたのだ。

「銀市さんがいる銀古ではないせいか、寂しいです」という一文を。

そんなことにすら思い至らなかったほど、書いた当初の珠は余裕がなかったのだ。

けれど、顔にじわり、と熱が上る。気づいてくれたという喜びが胸に広がる。

いつだって、銀市は珠がなくそうとした心を丁寧に拾ってくれるのだ。

『珠、顔が真っ赤じゃぞ』

「だ、だいじょうぶです！　明日も早いですし寝ますね」

案じる貴姫に慌ててそう返した珠は、丁寧に手紙をしまったあと、布団を敷き始める。

その間も、手紙の裏に書かれた一文が胸の中で繰り返された。

窓の外に見える夜空は晴れ渡り美しく星が瞬いている。最近は曇っていたから、星が見えるのも久々な気がした。

銀市も見ているだろうか。寂しいな、と思っていたけれど。

銀市も、同じなのだ。

それだけで充分な気がして、珠は満たされた気分で布団をかぶった。

＊

珠は御堂と話せる機会は先になるだろうと思っていたが、翌日の昼に御堂へお茶と茶菓子を持って行く機会を得た。

総務室の隣にある執務室にいた御堂は、読んでいたらしい手紙を封筒にしまうところだった。封筒はずいぶんよれており、表面には筆記体で英字が連ねられているようだ。

海外からの手紙だろうか、と思ったところで踏み込むのは良くないと思考を止める。

御堂は入ってきた珠を見るとなにかを察したような顔をした。

「答えが出たかい？」

「はい。銀市さんが許してくださったので、ぜひ聞かせていただけたら、と思います」

「……ちょっと待って、昨日善吉に手紙を託していたのは知っていたけど、銀市に相談したのかい⁉」

驚く御堂に、珠は盆をひとまず応接用らしい卓に置き、こくりとうなずいてみせる。

御堂は机に頰杖《ほおづえ》を突きながら苦笑する。

「あー珠嬢がどれだけ律儀な性格をしているかを忘れていたなあ。まあいいや、さあどんなことが聞きたい？　銀市がどうやって問題児ばかりの軍人達をまとめあげていったところかな。妖怪達が銀市の正体に気づいたときの反応もかなり聞き応えがあると思うよ」

わくわくと楽しそうにする御堂が立ち上がって椅子を勧めてくるのに、珠は驚く。

だが、これだけ歓迎してくれるのであれば切り出しやすい。

「そのことなのですが、えっと、本来は見えない御堂様が、どうして妖怪と関わるようになったのでしょうか？」

「え、僕？」

全く予想していなかったのかきょとんとする御堂に珠はうなずく。

「はい、銀市さんが、きっと君の参考になる話が聞けるから聞いてみろ、と書き送ってくださったのです。私も、銀市さんとお友達の御堂様のお話が知りたいなと、思いました」

すると、御堂はなぜか弱ったように頰を搔《か》いた。

「あちゃー……これは、銀市に釘《くぎ》を刺されちゃったなあ」

「あの、だめでしょうか」

なにか迷惑だっただろうかと、不安になった珠は伺う。しかし御堂は手を振った。

「いやこっちの話だ。銀市から、僕が話しても困らない範囲にしろって銀市の伝言を受け取ったってだけなんだよ。内緒で悪いことはできないなあ」

言葉とは裏腹に、御堂の表情はどこか嬉《うれ》しそうで、笑ってすらいる。

珠が戸惑っているうちに、御堂はひょいと椅子から立ち上がった。

「よし決めた、僕は今休憩だ。すごくまずい仕事は今のところない。というわけで珠嬢、お茶を持ったまま付いてきて。僕の友達を紹介しよう」

「お友達、ですか」

御堂が戸惑う珠を連れて向かったのは、彼の私室である離れだった。

彼が手招きしたのは、この間も通された部屋だ。

珠が見ている間に、御堂は眼鏡を外してポケットにかけると、床の間に置かれていた遊戯盤を持ち出した。

「この碁盤が僕の友達だよ」

碁盤だったのか。と珠が納得していたが、なぜ碁盤が友達なのだろうか。

疑問に思っていると、肩口にすいと貴姫が現れた。

『こやつ、同胞の気配がするの。……古い血の匂いもする』

「え……」

珠が驚きの声を上げても、貴姫は碁盤から険しいまなざしを外さない。

碁石の入った碁笥《ごけ》を持ってきた御堂は、立ち尽くす珠に気づいて声をかけてきた。

「もしかして、貴姫さんがなにか話したかな」

「御堂様も聞こえなかったのですか……あ」

珠は御堂の顔にいつもの眼鏡がないことを思い出す。御堂もなんでもない風に言った。

「眼鏡をしていない間は、僕には見えないし聞こえないからね。許してくれるといいな」

「いえ、それはかまいません、ですがその……」

さすがに貴姫の言葉をそのまま伝えるのはためらわれて、珠は言いよどむ。

それすらも、御堂は予想していたようだ。

「ちょっと意地悪だったね。おおかた怪しい気配がするとか、血の匂いがするとかそういうところだろう？　貴姫さん、安心してほしい。彼はある事情でもう十年くらい表には出てきてないからね」

さらりと肯定されて立ち尽くす珠に、御堂は笑って頼んできた。

「悪いけど、お茶はもう一つ追加してくれるかな」

碁盤の分だ、と珠はすぐに気づく。

珠が三つの茶を用意すると、片側の座布団に座った御堂は最後の一つのお茶を、碁盤の傍らに置いた。

けれど、そのお茶は誰にとられるわけでもなく、鎮座したままだ。貴姫は付喪神が憑《つ》いていると語ったが、珠の目にはなにも映らない。

だが、見れば見るほど美しい彫刻が施された碁盤だ。ずっと古く受け継がれてきたものだと感じさせる。

しげしげと眺めていると、御堂が碁笥のふたを開いた。

「せっかくだからちょっと遊びながら話そうか。囲碁の遊び方は知っている？　あ、でも、念のために本来の遊び方はやめておこう。五目並べとかどうかな」

「え、えと、五目並べとは、どう遊ぶのでしょう……」

「おお、貴重な人材だ！　まず石を置くのは碁盤の線が交わった十字の部分で……」

御堂の見よう見まねで、珠はぎこちないながらも遊び始める。

目の前に座る御堂は、眼鏡がないせいか普段よりも表情に鋭さを感じさせた。

「さて、どこから話そうかな……やっぱりこの碁盤との出会いからだろうな。これはね、元は僕のお祖父様のものだったんだ。妾《めかけ》の子で本邸の居心地が悪かった僕は、よくこの家に避難……もとい、遊びに来ていた。本邸の面々は、偏屈なお祖父様の機嫌は損ねたくないけど、ご機嫌伺には行かなきゃいけないからね。僕はその役割を引き受けたんだよ」

「お祖父様はどのような方だったのでしょう」

「能や盆栽とか趣味が多い人だったけど、特に碁に熱中していたね。古文書の詰め碁を解いたり、古い碁盤を収集したりしていた。碁の時間を邪魔されるとものすごい勢いで怒られる。それさえなければ優秀な人だったとため息を吐かれる始末だ。ただ逆をいえば、碁の相手をしてる間はこの家に居られた。だから僕はここにいるために碁を覚えたんだ」

御堂は慣れた仕草で指先に石を挟み、ぱちり、と板に置く。

その一連の動作は、普段の活動的な彼からは想像できないほどしっくりときている。

「僕、自分で言うのもなんだけど、小器用だから割とすぐ強くなったんだよ。本邸の子供にも負けなくなったしね。だけどどうしてもお祖父様には勝てなかったんだよね。それも悔しかったから通い詰めたのもあるなあ」

『ほんにずうずうしいやつじゃの』

貴姫の呆《あき》れた言葉は聞こえなかっただろう。

けれど聞こえたとしても、きっと御堂は涼しい顔で受け流した気がする。

「まあそんな僕のいじらしい努力をよそに、お祖父様は僕をこてんぱんにしたけどね。初めて碁を打ち始めた子供相手に、実力差を埋める置き石すら置かずに打ち始めるとかひどかったし。なぜそんなに強いのかって聞いたときに、この碁盤を出してきたんだよ」

珠が黒い石で、御堂が白い石だ。

御堂が石を置くたびに碁盤に注ぐまなざしは、柔らかくもどこかもの悲しげだ。

珠は以前、御堂が華族について話したとき、妙に辛辣だったことを思い出す。

あれは、自分の環境に重ねていたのだろうか、とふと思った。

「『自分が勝てない相手だ』と、お祖父様が大まじめに言うから、はじめはなにを馬鹿なと思ったよ。でも偏屈が極まってるあの人が冗談を言うはずもないと思って試してみた」

酒や茶を相手分用意して、空の座布団の隣に白石の碁笥を置く。

そして自分が打ち終わったら、目をつぶる。

祖父は口を極めて、手順を守るよう言い聞かせたあと、部屋から退出して御堂を一人きりにしたという。

彼は、半信半疑ながらも石を打ち始めて、目をつぶり――……

「ぱちん、と石が置かれた音が聞こえたときの、僕の背筋に氷が突っ込まれたようなぞっとした感覚は君にはわからないだろうなぁ。お祖父様が入って来た気配もないのに、目を開けると石が天元《てんげん》……真ん中に、置かれていた」

とん、と御堂の指先が、碁盤の中心を指す。

「あの今まで自分が見ていた日常が、すべて幻だったと突きつけられたときの感覚は忘れられないね。それが僕が初めて遭遇した、人に非《あら》ざる者だった」

たった一つの石が、御堂を非日常に招いたのだ。

珠が顔を上げると、御堂は懐かしむように目を細めていた。

「自分が理解できない存在が石を動かして、置いた。体が勝手に震えて叫び出したいような衝動に駆られたのをよく覚えている。だけどね、お祖父様に啖呵《たんか》を切った手前、そんな無様なことはできないと、対局を続けたよ。それに彼はお祖父様以上にべらぼうに強くて、対局を進めていくうちに、異質な者に出会った衝撃は吹っ飛んだんだ。その日帰った夜は眠れないほど悔しくて、翌日にはお祖父様の家に行ったくらいだ。お祖父様の驚いた顔を見たのは、あれが最初で最後だったかもしれないな」

くすくす、と笑いながら御堂は続ける。

それ以降は、碁盤の精と祖父を相手に対局をする日々だったこと。いつだって彼らには一対一で勝てなかったこと。

御堂の表情は悔しい、悔しいと言いながらも、子供のように輝いている。

「お祖父様は碁盤に宿った精を天元と呼んでいた。特に中央から打ち始めるのを好んでいたからだ。碁盤は平安《へいあん》時代のもので、対局中不正を働き、碁盤の上で手首を切られて死んだ怨霊が憑いているんだそうだ。かけられた不正はえん罪で、その怨念で不正が働かれたら、手首を切る。僕も一度だけものは試しといかさまをしたことがあるんだけど、手首が折れるかと思うほどの痛みが走った。お祖父様にもこれでもかと怒られて一週間対局してくれなくなったから、その一度だけだったけど」

「た、試されたのですか……」

「まあ、あの頃は若かったし、なんにでも興味がわく年頃だったんだよ。……だから、あんなこともしでかしてしまったのだけれど」

悪びれもしない御堂だったが、付け足した言葉は今までになく暗かった。

珠は自分の手番だったため、教えられた通りぱちり、と黒石を置く。

御堂は珠の様子を見てやはりという顔をした。

「君はこの話を知っても、まだ打ち続けられるんだね」

「え、ですがこの方は、いかさまをしたら罰を与えるだけですよね。ならば、御堂様と普通に遊んでいる間は、問題ないと思ったのですが」

「そうだよ。彼はとても厳密だから、囲碁の対局以外ではなにも反応しない。そういう風に割り切れる珠嬢だから良かった。でも当時の僕は割り切れなかったんだよ」

言った御堂は小さく息を吐いて、ぱちりと白石を置く。

今回の勝負は珠が負けた。一度片付けて、もう一度石を置き始める。

「祖父が亡くなった頃には僕は軍人になっていた。出世街道まっしぐらだったけど、同僚と揉《も》めて左遷された。それが当時大尉だった銀市が隊長を務める特異事案対策部隊だよ」

「とうとう銀市の名前がでてきた。緊張する珠は、あれと思う。

「あの、ごめんなさい。左遷だったのですか」

「そうだよ。今もだけど、本来の役割も上層部のさらに一部しか知らない部隊なんだ。周囲から見えるのは、国内で憲兵に似たことをしているけれど、与えられた権限や部隊規模にしては、所属している隊員が少なく見える。だから周囲からは『幽霊部隊』なんて揶揄《やゆ》されていた。まあそれも当然だよね。なにせ構成員はほぼ妖怪だったんだから」

茶目っ気たっぷりに目をつぶってみせた御堂は、懐かしむように遠い目をする。

「しかも、大尉とはいってもあの姿の銀市だ。当時の僕はどこをどうとってもくそ餓鬼だったから、銀市に従う気なんて毛頭なくて、どうせ閑職なんだろうって舐《な》めてかかっていた。そしたら、あれだろう？　本当に自分のいた世界は小さかったんだと悟ったよ」

「以前瑠璃子さんから、御堂様の面倒を見られていたと教えていただきましたが」

「うわ、あの人そんなこと言っていたのかい……？　確かに妖怪のいろはを仕込まれたよ。だから今でもちょっと腰が引けてしまうんだよね。そもそも銀市は、ありとあらゆる怪異の現場に僕を連れて行ったんだ。本当によく生きてたもんだという経験を何度もしたよ。でもこの眼鏡をかけたときに、僕は彼の姿を見て、碁を打てるようになった。――本当に、嬉《うれ》しかった」

噛《か》み締《し》めるように言う御堂の表情は、「嬉しい」という表現からはかけ離れた悲しみと痛みを宿していた。

珠は、自分の知らぬ銀市や部隊のことを知れてとてもわくわくしている。

けれど、そのように悲しむのであれば、続きを聞いても良いのかとためらった。

だが、未《いま》だに険しさを隠さない貴姫がこそりと言った。

『珠よ、御堂はまだ肝心なことを言うておらぬ。この同胞がなぜかようにへそを曲げておるのじゃ。聞いてみよ』

「ええ、でも」

「貴姫さんがなにか言ったかい？」

御堂に問われてしまった珠は、逡巡《しゅんじゅん》しつつも伝える。彼は「確かにその通りだ」と石を置きながら言った。

「僕はね、何度も銀市に言い聞かせられてきた。『人と人に非ざる者は、どうあがいても異なる存在だ』『人の価値観で踏み込めば、必ず報いを受ける』とね。妖怪と共存する未来を目指していても、そこは勘違いしてはいけないって。だけとその頃に呪術や霊との交感術についても知識を深めていた。これらを使えば天元と会話をできるんじゃないかと思って試してしまったんだ」

「えっ……それは、なにがいけなかったのでしょう」

珠は黒石を置きながらも、戸惑った。

「御堂様は碁盤の精の方を友達だとおっしゃいました。友達ならば、話したくなるのも当然ではありませんか」

現に自分は、今も貴姫と意思の疎通をしている。

銀市も特に関わることを禁じていないはずだ。

珠の疑問に、御堂は柔らかい表情で答えた。

「うん、そうだね。けれど僕は天元が怨念によってこの世に留まっていることを、深く考えなかったんだよ。いいや、もしそうだとしても、知識を身につけた僕なら対処できると考えていたね。ウィジャ盤と言ってわかるかな。海外から伝わってきた降霊術に使う文字盤なんだけど、それで彼と話をし始めた。本当に、嬉しかったよ。碁盤の上ではずっと話をしていたけれど、意思の疎通はまた格別なものだった。しかもだんだんはっきりと彼が意思を示すようになったんだよ」

しみじみと言う御堂の、その気持ちはわかると珠は肩口にいる貴姫を見る。

自分もずっと守ってきてくれた彼女と話ができて、関われてとても嬉しかった。

御堂は声も姿もないまま長く関わってきた存在と語れたのだ。喜びはひとしおだろう。

そんな貴姫は、御堂を複雑な表情で見つめながら、腑《ふ》に落ちた表情をした。

『ああ、そういうことであったか』

彼女はなにがわかったというのか。気になったが御堂の話に集中する。

「何度か天元と話をしたあとだ。ある日界隈《かいわい》で大物の妖怪に碁の勝負を持ち込まれた。そういう酔狂な方法で重要な案件を決めようとする奴もいるからね。部隊の代表者として僕が勝負に出ることになった。囲碁は遊びだけれど、真剣勝負だ。あんまり表では言えないけれど、ときにはお金もかけるし命もかけることすらある。でも僕は、あのお祖父様と、千年以上碁だけを打ち続けていた天元に教わったんだ。そんじょそこらの棋士には負けないと自負していた」

「……貴姫さん？」

御堂は軽く言うが、珠では理解が及ばないほど息の詰まる勝負だったのだろう。

珠は想像する。無力な人の身で、碁盤を挟んで異形の妖怪と対峙《たいじ》する若い御堂を。

どれだけ恐ろしかっただろう。指先一つで自分を殺せる相手が目の前にいる中で、一石置くだけで勝負の天秤《てんびん》が傾き、決着がついてしまう。

これほど珠が気軽に石を置けるのは、遊びだとわかっているからだ。

この一石に多くの人の命運がかかっているとして、置けるだろうか。

いいや、と珠は目の前に座る御堂を見る。

彼はそれを乗り越えてここにいるのだ。

今度は珠が勝った。御堂は次の勝負ははじめず、話を続けた。

「勝つ自信はあったけれど、僕は試合の碁盤に天元を使うことにした。彼なら不正を見逃さないから適任だと思ったんだ。勝負は丸一日の接戦になったよ。さすがに年を経てきた妖怪は戦略の厚みが違った。だけど僕はすべて裁ききった。囲碁の勝敗は、石で囲った陣地の数で決まる。ほんの数目かで僕の勝ちだと確信していた。それでも勝敗がわかりやすいように整地という作業で確認するのが決まり事だ。それをしている最中……」

とん、と御堂が自身の右手首を指で打った。

「相手の手首が飛んだ。眼鏡をしていた僕は、天元が妖怪の手首を切り飛ばす様が見えたよ。相手は整地作業中に自分の有利になるよう石を不正に動かす、いかさまをしたんだ」

「っ……」

ぎょっとした珠は、今まで聞いていた話と齟齬《そご》があると気づく。

「御堂様が以前いかさまをされた際は、手首を叩《たた》くだけだったのではありませんか。どうしてそのときは切り飛ばすことまで……」

珠の疑問には貴姫が答えた。

『御堂によって再び自我を持ったのじゃろう。心を持てば、怨念もまた引きずり出されて苛烈に戻るのは道理であるぞ』

「そんな」

肩口にいる貴姫の言葉に、珠は驚いた。御堂も珠の様子ですぐ察したのだろう。

「貴姫さんは理由がわかったかな」

「ええと、その碁盤の方が自我を持った、からだと」

「その通りだ。天元が楽しい囲碁を見守ることで薄れさせていた怨念を、僕が囲碁以外で交流をしたことで蘇《よみがえ》らせてしまったんだよ。僕のせいで、彼はまた手を血で染めた」

言葉をなくした珠に、御堂は淡々とした声音で続ける。

「相手は激昂《げきこう》したけど、銀市は彼らから本来定められていた以上の利益を引き出した。まあ、そもそもが真剣勝負の中でいかさまをした相手が悪いんだから当然だね。僕は、天元を持ち出したことを隊員達に褒められすらしたよ。……けれど、僕は心の底から後悔した。天元に、こんなことをさせたかったわけじゃない、と」

鎮座する碁盤に目を落としていた御堂は、ふっと珠に視線を向けた。

いつもの朗らかな御堂とは違う、静かな表情だった。

「僕にとって妖怪は、たとえ意思の疎通ができたとしても、人と同じ道理では動いていないものだ。あれ以降、彼は姿を現さなくなった。僕が関わり合い方を間違えたせいで、友を失った。これが僕の最大の過ちであり、後悔だよ」

しんと、室内が静まる。母屋の喧噪《けんそう》も遠いこの部屋は、石を置く音が絶えると静かだ。

彼が本当に後悔していることだけはよくわかる。

こういったとき、珠はどんな風に話せばいいかわからない。

ただ、沈黙は少しの間で、御堂はすぐに笑みを浮かべる。

「珠嬢がそんな顔をする必要はないよ。それに僕は諦めていないからね」

「そう、なのですか」

「うん。けっこう諦めが悪いんだよ」

御堂の表情には確かに曇りはなく決意があった。

「こういう風に思えるようになるまでは、時間がかかったけどね。妖怪とどう関わるか悩んでいたとき、銀市に言われたんだ。『御堂、関わり続けるかはお前次第だ』とね」

珠は銀市の突き放すような言葉を、意外に感じた。

御堂は珠の反応を見ておかしそうにする。

「銀市は、懐に入れた相手には心を砕いてくれるけど、甘やかさないよ。重要なことから逃げがちな僕は、それくらいでちょうど良かった。それに、あの人は常に行動で示してくれていた」

目を細めた御堂は銀市を思い返しているのだろう。

憧憬《しょうけい》とも呼ぶべきまぶしげな表情に珠は目が離せなかった。

「あの人は、記録が残るだけで百年以上人として生きている。僕がそばにいた数年間でも、人からも妖怪からも多くの心ない言葉を投げつけられて、冷ややかな態度をとられても、諦めず関わり続けた。結果、この部隊を軌道に乗せて、妖怪と人の間を取り持つ口入れ屋を経営している。これはね、すごいことだよ」

「それは、本当にそうだと思います」

珠は銀古に来るまでのたった二年間で、十度転職した。

それほど妖怪と折り合いを付けることは難しく、妖怪の存在を知らない人間達に訝《いぶか》しがられないようにするのは大変だ。しかも作業には終わりがない。

なのに銀市は、珠が生まれるずっと前から、多くの妖怪や人のためにそのような困難に取り組み続けているのだ。

御堂もしっかりと同意してくれる。

「うん。銀市はすごいよ。ならたかが一回の失敗で諦めるなんて恥ずかしいと思ったんだ。とはいえ僕はすぐに調子に乗るから、決意も忘れて同じ過ちを犯すかもしれない。だから、二度と境界を間違えないよう、天元とは碁盤の上だけで話すと決めたんだ」

「それが、眼鏡をかけない理由、ですか」

珠が問うと、御堂は「そうだよ」と微笑《ほほえ》んだ。

眼鏡をかけていない御堂は、なんとなく若い雰囲気に感じられる。

珠は、碁盤に視線を落とした。

「この方を、怖いと思われなかったのですか」

「さっきの珠嬢と同じ答え……とは言えないなあ。怖かったよ。うん、怖かった。最初の頃は石を打つたびに彼に手首を切り落とされるんじゃないかと思った。妖怪は時として理不尽なのだと骨身に染みた。あのとき、銀市に引き取ってもらっても良かったと思う」

素直に認めた御堂は、恐怖を語ったあととは思えないほど挑戦的だった。

「だけどね、僕はまだ彼との勝負に勝ってないんだよ。勝ち逃げだなんて、ものすごくしゃくに障るじゃないか」

「そう、いうものですか」

「僕は負けず嫌いだからね。そう、いつか銀市もぎゃふんと言わせるつもりだよ」

「えっ銀市さんを……!?」

予想外の言葉に珠は耳を疑う。御堂は銀市のことを心底慕っているように見えていたから、なおさらだ。

「いやあ、友達でもね、思う部分はあるものだよ。特に銀市はだいたい自分でしちゃうから秘密主義だしね。いつまでも新兵じゃないのに、その感覚が抜けてくれないしさ。あれはかちんとくるものだよ」

ぶつぶつと言いながら御堂を前に珠はぽかんとする。仲が良くても不満を持つことがあるのは意外だった。

まだまだ人付き合いの奥は深いと心に刻む。

それでも、御堂が初め珠にとった態度の理由がわかったような気がした。

彼は、線引きを今でも守っているのだ。それが人のためになることだと信じている。

「自分のことを話しすぎちゃったね。ちょっと恥ずかしいなぁ」

「とても興味深いお話でした。銀市さんも御堂様もたくさん考えて、様々な出来事を経て部隊をとりまとめられたのですね」

「そう言われてしまうと、すごく立派に思えちゃうなあ。僕は銀市とは違って、僕と同じように馬鹿なことをする人間を見るのが嫌なんだよ。同時に馬鹿なことをする妖怪も嫌いだ。そういう奴らを少しでも減らすことで、銀市みたいな真面目なひとが割りを食わなければ良いと思っているだけ」

御堂は本当にこそばゆそうな顔をして茶をすする。

「まあ天元も、まだこの碁盤に宿っているとはわかっている。だからこうして使って遊ぶことで、もう一度目覚めてくれるのを待っているんだよ。……僕が生きているうちに間に合うかはわからないけど」

妖怪の時間は人間とは違う。それは珠も御堂も重々承知していることだ。

それでも、御堂の表情に陰りはない。彼自身がそうしたいからしているのだと、理解するには充分だった。

貴姫のこわばっていた表情がふと緩んだ。

『自我を持ったからこそ、ほんの少しばかり、融通が利くようになったのも確かなのじゃ。

かように気に病まぬでも良いものをな』

すねたようなつぶやきは、それでも御堂を慰めるものだった。

言葉を伝えるべきか、珠が悩んでいるうちに、御堂が言う。

「大丈夫なら、次は碁でもしてみるかい？」

「良いのですか」

「まあ僕が教えるのに向いているかはわかんないけどね。僕が教わった人たちはほんっと崖から突き落として這《は》い上がれ、みたいな方針ばっかだったからさ。銀市も碁はするし、遊んでみるのはどうだろう」

銀市のことを持ち出されると、珠はそわそわしてしまう。

それがわかったのだろう。笑った御堂は盤上に置かれた石を一度片付けだす。

だがしかし、玄関のほうからノックの音が聞こえてしまった。

御堂がげんなりとした顔をする。

「あちゃー休憩時間は終わりかな。これから銀市の楽しい話ができると思ったんだけどしょうがない。石を片付けといてくれるかい」

「わかりました」

御堂がゆったりと立ち上がり、玄関へ向かう。珠は言われた通り、白と黒が交ざらないように、石を一つずつより分けながらしまっていく。

碁盤の精は、一体どのような姿だったのだろう。

御堂が「彼」と称していたのだから男性だったのだろうか。手首を切り落とす容赦のない一面を聞いても、珠の印象に残ったのは、負けず嫌いで、けれど御堂と心から碁を楽しむ日々だ。

彼らが囲碁を楽しむ姿を、一度見てみたかったと思う。

考え事をしていたせいか、盤上からころりと石が転がってしまう。

拾おうと手を伸ばした珠は、体からふっと熱が抜けていくような感覚がした。

え、と思っているうちに、碁盤から重い冷気を感じる。

虚空から、すうと、指先が現れた。

男のものとも女のものともわからない細い指だった。

爪の先まで丁寧に整えられていて、手首にはほんの少し、古風な着物の袖が見える。

しかしその手も指も、生々しい血で赤く濡《ぬ》れていた。

珠が言葉を失っている間に、指先は、落ちた白石を挟み盤上へ、と移動する。

かつん、と盤上に石が置かれた。さらに石が拾われ次々と並べ変えられる姿を、珠は呆《ぼう》然《ぜん》と眺めるしかない。

「珠嬢、大丈夫だったよ。さて今度こそ、僕がしっかりと教えて……ってあれ」

戻ってきた御堂が、面食らった顔で、碁石入れを持った珠と、盤上に規則正しく並べられた碁石を見比べる。

「置き石がされているじゃないか。珠嬢は知っていたの?」

「い、いえその。それは……血みどろの手首のかた、が」

珠がしどろもどろに話そうとすると、気づいた御堂は愕然《がくぜん》とする。

彼は反射的に胸にかけたままの眼鏡を取ろうとして、寸前で思いとどまった。

けれど、くしゃくしゃに顔をゆがめて碁盤に視線を落とした。

「まさかさ、崖から突き落として這い上がらせるようって言ったのが気に障ったの?」

珠の目にも手首はどこにもいないのだから、答えがないのは当然だ。

つぶやいても、答え自体は期待していなかったのだろう。御堂は珠から見えないように体を背ける。

「全くそういうところだよ。珠嬢は囲碁の決まり事から知らないんだから、指導碁は早すぎるよ」

「御堂様……」

案じた珠がおずおずと声をかけると、すでに御堂は平常通りに笑った。

「さあ、あの分からず屋なんてほっといて、遊ぼうか!」

「は、はい」

いくら鈍い珠でも、御堂が触れられたくないことくらいわかった。

だから目尻に浮かんだ涙も声が震えていたことも、見なかったし気づかなかったのだ。

一通り囲碁の決まり事を教えてもらったところで、さすがに遅いと隊員に呼び出され、御堂との長い休憩は終わりを迎えた。

珠も仕事に戻る傍ら、御堂が話してくれたことを思い返した。

「人と人に非《あら》ざる者は、どうあがいても異なる存在だ」

「安易に己の価値観で踏み込めば、必ず報いを受ける」

銀市は、人として生きている。しかし、妖怪としての時を過ごしてもいる。

ならば銀市も、人が理解し得ないなにかを抱えているのだろうか。

『ううむ、また曇ってきたのう』

貴姫の言葉で窓の外を見て、ふと思い至る。

そういえば、この本部に来てから、曇り空が多いような気がした。

＊

火の用心に鳴らされる拍子木の音が、銀市には妙にはっきりと聞こえた。

今日はましなほうだと感じていても、感覚は鋭敏なままだった。

晴れた空には安堵《あんど》しつつも、銀市は王子《おうじ》にある灯佳《とうか》の屋敷《やしき》にいた。人が建てた社からつながる異界にある、狐達《きつね》の居城だ。

一人きりで現れた銀市を見るなり、狐達は全身の毛を逆立てて後ずさる。

少し力を持つ狐は踏みとどまっているが、一様に怯《おび》えの色を宿していた。

抑えているつもりだったが、それでも漏れてしまっているらしい。

彼らがひそひそと話す声はざざ、と雨のような雑音に紛れる。が、だいたいの内容は察せられた。

「眷属《けんぞく》どもが騒がしいと来てみれば、銀市よ。そなたから訪ねてくるとは珍しいの」

現れた銀市を見た灯佳は、いつも通り鷹揚《おうよう》に迎えた。

白くまっすぐな髪を肩で切りそろえ、白い小袖と袴《はかま》を身にまとった少年の姿をしている。切れ長のまなざしは雅《みやび》やかで愛くるしさがある。

人払いをし、居室の奥へ迎え入れて扉を閉めたとたん、灯佳は儚《はかな》げな印象を打ち消すように険しい顔で銀市を振り返った。

「そなた、いつの間に呪詛《じゅそ》を受けておる」

普段と変わらぬ態度は、眷属の狐に悟らせないためか。

端的に銀市の状況を表した灯佳に、さすがだと苦笑いした。

「これを呪詛と言って良いのかわからないのだが……」

銀市が言いよどんだが、彼は険しい顔を崩さなかった。

座布団の上に座らせた銀市の前で、灯佳は膝立ちになって吟味する。

「呪《のろ》いも祝《いわ》いも本質的には同じもの。想《おも》いによって他者に影響を与えることには変わりない。良き方向に向かえば祝いに悪《あ》しき作用とすれば呪いになろう。そなたが望んでおらねば、それは呪詛だ。自覚しておる変化はなんだ」

断言した様子の灯佳に対し、銀市は少々申し訳なさを覚えながら言った。

「すまない、なんと話したか聞き取れなかった。もう一度話してくれないか」

顔色を変えた灯佳が、銀市の両の耳へと手を伸ばす。

耳がふさがれると、今まで耳に響いていた雨音のような誰とも知れない声が遠のいた。

灯佳が術を使ったことを悟りつつ、銀市は安堵の息をこぼした。ささやかとはいえ、ほとんど間断なく続くようになっていたから、さすがに疲労していた。

「そなた、一体なにを聞いていた。いつからそうだったのだ」

今度は灯佳の声も耳に届く。だが願う声ならば聞こえる、というのは少々危ういのだとわかっていた。

「……おそらく、祈る声だ。声が聞こえ始めたのはハロウィンパーティのあとからだが、それ以外の変化は以前から始まっていた」

銀市の耳には、言葉になりきらない多くの人々の祈る声が聞こえていた。

――どうか、家が燃えませんように。

――不審火なんておっかないよ……

――絵姿でもなんでも、御利益があるならすがりたいんです……

意訳すれば、そのような声だ。様々な願いが折り重なり、銀市の聴覚を侵食していた。

「穿狼《せんろう》事件のあとあたりから、普段抑えられていた衝動を感じるようになった。気のせいかと思っていたが、徐々に強まっているんだ。それに連れて、本性が隠しきれなくなって今月から声が多くなり始めた。珠の声だけは、普段と変わらずに聞こえたが……」

「それはよい傾向とは言えぬぞ。天候もそなたの作為が混じっているか？」

険しい顔の灯佳に、銀市はうなずいた。

珠は寒さのせいだと考えていたが、天狗《てんぐ》の本拠を訪問したときは、気を張っていただけで、鱗《うろこ》が勝手に浮き出た。最近は珠のことを案じていただけで、多くの雲を呼んでいる。

彼女から手紙が来ただけで晴れたから間違いない。

今までであれば、自分で制御ができた。しかし今回はだんだんと衝動の波が大きくなってきている。

違和が鮮明になったのは、百貨店で会った付喪神……瀬戸《せと》からオルゴールが届いた日の夜だ。

あのとき自分がなにをしようとしたか、どんな衝動を覚えたかを明確に自覚した。

銀市は、人としても妖怪としても中途半端な存在だ。妖怪として受ける影響も少ないはずだった。しかし、贄《にえ》の子である珠に強烈に惹《ひ》かれることがそもそもおかしかったのだ。だから珠を一時的に避難させた上で、密《ひそ》かに灯佳へ相談に来たのだった。

「全く、わしはようやくそなたが妖怪として生きる気になったのかと楽しみにしておったのに、ふたを開けてみればこれとはの」

灯佳はため息を吐くと、考え込むように口元に手を当てた。

「最近火除《ひよ》けのまじないとして、龍の絵姿を飾るのが流行《はや》っているそうな。配下の社にも貼られ始めたゆえに知ったのだが……。あれはおぬしの采配ではないな」

「違う。俺もごく最近知ったものだ。その口ぶりだと、灯佳殿でもないな」

銀市が言うと、灯佳は心外そうな顔で、乱暴に座布団の上に座した。

「当たり前であろう。そなたもわしではないとわかっていたから訪ねてきたのだろうに。そなたと遊ぶのであれば、もっと愉快になるよう、派手に舞台を作るぞ。それこそあの娘ッ子を焚《た》き付けての」

銀市が眉を寄せて睨《にら》み付けると、灯佳はむしろ観察するように見つめ返してきた。

「ふむ、冷静だな。本人がいなければ、感情は以前のまま制御できるようだの」

「不幸中の幸いだが、その通りだ」

銀市がどこまで自制が利くかを試されたと理解し、今回ばかりは文句を飲み込んだ。

「まあそもそもだ。わしにはこれがあるからの。『願いを叶《かな》える』という範疇《はんちゅう》から逸脱しておるから手出しできん。犯人は別だ」

灯佳は片膝を立てて、足首に嵌《は》められた鈴の枷《かせ》を見せつける。

動かした拍子に鈴がりん、と主張するように鳴った。神に付けられた枷がある灯佳は、人から願われたこと以外に、術を使えない。

そう、その通りだ。彼はこのようなことをしないと知っている。

灯佳は、脇息《きょうそく》にもたれながら思案するように言った。

「弥生《やよい》の頃に管狐《くだぎつね》を引き取っただろう。そやつが起こした不審火が『白き龍が降らせた雨によって鎮火した』という噂《うわさ》が広まってな、その龍の絵姿を飾ると火除けになると流行っておるのだよ。不気味な音が響いてすぐ火がついただの、火の玉がひとりでに現れて家を燃やしたなど不審火が何件も起きている。そのせいで龍の絵姿は流行神としてありがたがられているようだの」

都市で最も耳が早いのは幾万の狐の社に住まう神使達を擁する灯佳だ。さすがに詳しい部分まで知っている。

銀市が話が早くて助かると思っていると、灯佳は懐から取り出した扇子をぱっと開いて口元を隠した。

「だが、そなたは良くも悪くも間《あわい》の存在だ。本来であればたかだか霊験あらたかな札として使われた程度で呪いは成立せん。それがここまで影響しておるのは、依《よ》り代《しろ》たる絵がそなたの本質を映し、かみ合っておるからだ」

すう、と灯佳は目を細めて問いかける。

「わしも今流行っておる絵姿は見た。粗いが、そなたの本性を見たことがあればそうとわかるものだ。あれはまず間違いなく、元となった絵はそなたをよく知る者が描いたものであろう。しかし、そなたが本性を現すことは滅多にない。ましてや絵を描かれる機会もだ。なら、絵を描かれた心当たりがあるのではないか」

灯佳の推論に、銀市は少々面食らった。広まったきっかけが三好《みよし》邸の消火であったのなら、発端はそこだと考えていたからだ。

しかし、そう問われた銀市の脳裏にかつての情景が蘇る。

快活に笑う顔と、絵の具と墨の匂い。

「一度だけ、豊房《とよふさ》に絵姿を描かれたことがある」

灯佳もまた、懐かしむように目を細めた。

「豊房……ああ、鳥山石燕《とりやませきえん》か。あやつの絵ならあり得そうだ。あの男はほんに魂の形を写すのが得意であったからの」

様々な妖怪の姿を描いた鳥山石燕は、人の間では浮世絵師として名高い。

妖怪達にとっても格別に語られる存在だ。

妖怪絵師として今の世にまで名を残し、その絵姿は妖怪達の在り方にも影響を与え、多くの消えるはずだった儚《はかな》い者達を救った。

そう頼んだのは銀市だ。鳥山石燕……佐野《さの》豊房には忘れられない多くの恩がある。

『銀市、諦めろ。こんなイイもん見せられたら、描かないわけにはいかないさ』

彼のにっと笑った顔は、今でも鮮明に思い出せる。

花を見れば唄い、酒に誘われれば嬉々《きき》として飲み、筆を執れば延々と描いた。

酔狂にも銀市の、初めての人の友を名乗った。

「だが、あの絵は火事で燃えたのだと思っていたが……」

豊房に描かれた絵は、しばし銀市の手元にあった。銀市にとってお守りのような絵だった。しかしそれは炎に呑《の》まれて灰になったはずだった。

焼け跡を捜しても見つからず、諦めたのだ。だからあり得ないと暗に匂わせた銀市だったが、すぐに思い出す。

灯佳もまた、目を細めて言った。

「あの大火の話はわかっておる。だからこそ、一人だけ、持ち出せた可能性がある者がおったではないか。大火を起こしてすぐ消えた奴が」

胸に悔恨と言い表すには複雑すぎる想いがにじむ。

まさか、というにわかに信じられない驚きと、今までの違和にすべて説明が付くと冷静に考える自分がいた。

「穿狼《せんろう》は俺を『半妖』と呼んだ。あいつは俺を妖怪だと認識していたはずだ。さらに吸血鬼も、俺を半妖だと知っていた。前者はもちろん、後者も人に非《あら》ざる者には妖怪としか見えない俺をそう語るのであれば、教えた者がいると考えるのが妥当だろう」

「確かに、そなたが半妖と知るのはごく少数だ。あやつもまたそなたが半妖であると知っていた。条件はすべて合致するの」

灯佳の冷静な指摘に、銀市はうなずいた。

彼は、ふうと息を吐く。

「して、どうするつもりだ。一度は逃したのだ、無策では二の舞になるだけなのはわかっておろう」

その通りだ。奴は灯佳ですら警戒するほど策に長《た》けていた。銀市にはまだどこで糸を引いているかわからないのがその証拠だ。

だが、銀市はいつかこのような日が来ると、どこかで考えていたような気がする。

「あの日、使う機会を逸したが、対抗策は考えている。この一連の事件を追っていけば、否《いや》でも会うだろう。そのときは奴に最も効果的な罰を与える」

奴はすでに多くの人間を陥れた。

理由や原因がどうであれ、銀市が許してはならない相手だ。そして、相手を知っているからこそ、安易な方法では意味がないと理解している。

するとと灯佳が目を細めた。

「……ほう、ならば、あとはそなた自身だの」

告げられた銀市は、奥歯を噛《か》み締《し》めた。

「その力の増大は、まだ始まりに過ぎぬ。進行すれば暴走し、理性も飲み込むであろう。犯人を捕まえるだけでは負けるぞ」

「だからこそ、犯人を捕まえるのと同時に、掛け軸を取り戻したい。掛け軸があれば、俺のほうはなんとかなる。あれは豊房が残してくれた保険だからな」

銀市が語ると、灯佳も思い出したようだ。

「そういえば、呪《まじな》いを施したのはわしであったの。万が一そなたが龍から戻れなくなったときに、あの絵に封じられるようにしておったか」

形としては、よくある悪霊封じの法だ。

絵姿や人形《ひとがた》など本人の依り代となる物を準備し、術と正確な真名《まな》と記すことで、封じる器とする。

その依り代を手にした状態で相手を呼ぶことで、対象を依り代に封じることができる。

銀市は豊房に描いてもらった掛け軸を、灯佳のもとに持ち込み封じの法を施してもらった。万が一のために備えておいたのだ。

「より自分に近しい依り代であればあるほど、強力な効果を発揮する。豊房が描いた掛け軸なら、龍の俺も抑えられる」

「鳥山石燕の絵ほど、そなたを表現できた物はなかろうの。まあ、掛け軸が無事でありさえすれば万一のときには問題なかろうが……そなたは、それで良いのか？」

黒々とした瞳でひたりと見つめられた銀市は、その言外の念押しを理解する。

それで良いのか。

豊房が厚意で描いてくれたものをこのように利用して、申し訳なかったと思う。だが、あの掛け軸があったおかげで、銀市は救われていた部分があった。

これは豊房との約束を守るためでもある。

「かまわない。俺は人として生きると決めている」

口に出すことで、銀市は改めて心に戒める。

銀市をじっくりと見つめていた灯佳は、肩の力を抜いた。

「ならば、よい。してわしになにを望む？」

「……二つほど助言をもらいたい。掛け軸に施した呪いについてだが、真名を知らずとも、封じられる依り代はないか」

「ふむ、そなたの本性のような強力なものを封じぬ限りは、紙で作った人形でも可能な呪法だが……。名はその者を表す、妖怪であろうと人であろうと、名を知らずに封じようとするのは難しかろうな。わしが自ら施したとしても、効力は限定的になる」

予想通りの灯佳の答えに、銀市はやはりと思っていても落胆する。

が、しかし灯佳はさらに続けた。

「名がわからぬのなら、己の霊力でねじ伏せるしかなかろうな。力が拮抗《きっこう》していれば難しい。でなければ、そなたの掛け軸のようにそのままを写し取ったような絵姿を用意せねばならん。今なら、そう、ほれ……最近外《と》つ国からきた、小さな箱で姿をそのまま写し取る機械があったであろう」

灯佳からぼんやりとした特徴を与えられ、銀市は考えたあと思い至る。

「写真のことか？」

「それだ。撮られても魂は吸い取られんが、魂の器にするにはちょうど良い。まあ、奴に封じを使うつもりであれば、写真なぞ撮っておる場合ではなかろう。そなたと同等の力を持つ者を確実に封じたければ、結局は真《まこと》の名が必要になる」

どう使うかなどお見通しの灯佳に苦笑いを返し、銀市は沈思する。

ずっと記憶の底に沈めていたが、心当たりがあった。残っているかはわからないが、当たってみる価値はあるだろう。

「もう一つは、現状の力の増大を抑える方法を知りたい」

来週には珠は一度、帰ってくる。それまでに、急ごしらえでも対策は必要だ。

「煙草《たばこ》を多めに呑んでおくのと、髪紐《かみひも》の封じを強くするのがせいぜいだろうな。あれはおぬしの妖異を抑える役割も持っておる。あとは、やはり本式の御霊鎮めを行える者を頼るほうが良かろう」

「わかった。助かる」

御霊鎮めの方法も写真の心当たりも、幸い同じ場所だ。

灯佳が準備を始めるのに、銀市は深々と頭を下げる。

しかし、灯佳は厳しい表情で言った。

「わしの施術も一時しのぎに過ぎん。その呪詛《じゅそ》の意図も不可解だ。いわば、そなたに力を持たせるために、霊異を与えているのだ。あやつが関わっているのであれば、それだけでは済まんはずだ。ま、そなたのほうがわかっておるだろうが」

肩をすくめる灯佳に、銀市もまた重い凝《こご》りを感じながらもうなずいた。

「ああ、不審火事件にも関わっている可能性が高い」

銀市は後手に回っていると自覚している。相手からして油断はできない。

だが、自分にもこのまま思惑通りに進められるつもりはない。

銀市は、昨日送られてきた珠からの手紙にあった、塗りつぶしの単語を見たときの想《おも》いを反芻《はんすう》する。

〝銀市さんがいる銀古ではないせいか、寂しいです〟

彼女は寂しいと、書けるようになった。己が作り育てた銀古を居場所だと考えてくれるようになったのだ。

それを嬉《うれ》しいと、そして彼女が居場所だと感じてくれた場を守りたいと願った。

この想いは間違いなく己の本心である。

銀市は人だ。人として生きる。

己が内の妖異に負けるわけにはいかない。

銀市は、決意を固めるように拳を握った。

第二章　受講乙女のフォークロア

善吉《ぜんきち》に車で送ってもらった珠《たま》は、心なしかそわそわしながら銀古《ぎんこ》の前に立った。

二階が洋風の造りになった和洋折衷の建物で、表の壁には多くの求人募集の張り紙がある。墨書きの看板はもちろん、入り口には、口入れ屋銀古ののれんがかけられている。

たった一週間離れていただけなのに、無性に懐かしい。

目を細めた珠は、のれんをよけ、がらりと引き戸を開いた。

「ただいま戻りました」

店舗に入ると、ふんわりと薄荷《はっか》に似た清涼感のある煙草の香りがした。

ちょうど客の切れ間だったようだ。店舗内には客はいなかった。店框を上った奥に設《しつら》えられた番台内側には、長火鉢から火を移し、煙管《キセル》を吸う青年銀市《ぎんいち》がいる。

癖のある髪をうなじで括《くく》り、シャツを着込んだ長着姿まで珠の記憶の通りだ。

寒くなってきたからだろう、羽織《はおり》まで着ていた。

煙管の吸い口から唇を離した彼は、怜悧《れいり》な面差しを和らげた。

「おかえり」

ふわりと、珠の心が安堵《あんど》に染まる。肩に入っていた力が抜け、自然と顔がほころぶ。

珠が店舗奥に進もうとしたとたん、べろん、と頭上からなにかが降ってくる。

驚き身を引きかけたが、毛むくじゃらの顔をにっこりとさせた笑顔が目に入る。

『おかえり！』

心なしか弾んだ声でそう言ったのは、天井下《てんじょうさが》りだ。声音の通り嬉しそうにゆらゆらと体を揺らしている。

それを皮切りに、鴨居《かもい》や長押《なげし》に並んだ黒い卵のような外見をした家鳴《やな》り達が、がたがたきしきしと明るい音を響かせた。自然と、珠も笑顔になる。

「天井下りさん、家鳴りさんも、ただいま戻りました」

ここが珠の帰るところなのだ。

温かい心を感じながら、珠は奥へと進んでいく。

家鳴り達はずいぶんとしっかり仕事をしていたらしい。台所も使われた跡がありながらも綺麗《きれい》に片付いて、食材もまんべんなくなくなっていた。

珠が褒めてやると、家鳴り達は嬉しそうにころころと転がった。

それでも家鳴り達の思い至らない家の細々としたことを片付け、玄関前の掃除をしていると、八百屋の松《まつ》が通りかかった。

「おっ珠ちゃん、出張から帰ったのかい？」

「松さん、はい。まだ出張は続くのですが、一度帰宅しました。お野菜の配達ありがとうございました」

「いいんだよぉ、慣れちまえば銀古さんは色男だし目の保養だからね！」

松には、定期的な食材の配達を頼んでいた。魚も魚屋に適当な一人分の魚を見繕ってくれるようお願いしていたのだ。

からからと笑った松の背後でかーんと拍子木の音が聞こえる。

「火のぉー用心……さっしゃりましょうー……」

火の用心を呼びかける声が聞こえる。

「最近、火の用心の拍子木をよく聞きますね」

「おや、珠ちゃんもしかして最近不審火が増えているのを知らないのかい？」

珠は松の驚いた顔を見返した。

「不審火、ですか」

「そっか。珠ちゃんなんやかんやこっちにいなかったもんね。火種がないところから急に燃えるんだって。必ず怪我人《けがにん》が出るから怖いもんさ。この間はそう！　華族のお屋敷《やしき》から突然火が出て、せっかく修繕して戻って来た家宝の屏風《びょうぶ》がだめになったんだって。位の高いお坊様にゆかりのある品だったらしくて残念だったねえ」

「えっそれって……」

珠が思い出したのは、特異事案対策部隊本部で仕事を手伝ってくれた小鬼達だ。

珠が一時帰宅する前日に、本体の屏風の修繕が済んで、本来の持ち主の家に戻されることになった。別れを惜しんだばかりなのだ。

まさかと珠は不安になったけれど、松は珠の様子には気づかず話を続けた。

「シャンシャンと音がすると火がつくとか、ひとりでに動く火が燃やして回っているだとか、いろんな噂《うわさ》があるんだ。そんな不気味な火事ばかりだもんだから、神頼みするしかなくてね。火除《ひよ》けの絵姿を貼るのが流行《はや》っているんだよ。神様仏様龍神様ってね」

ため息を吐いた松が手を合わせて祈るそぶりを見せる。

松が龍神など完全に信じていないのはすぐにわかったが、それでもかすかにすがる気持ちがあるのは感じ取れた。

龍神ということは、火除けのお守りは龍が描かれているのだろうか。

珠が尋ねようとする前に、松が周囲を窺ったあとで、にやにやとした顔で言い出した。

「ところでさ、銀古さん、ずいぶん珠ちゃんがいなくて寂しかったようだよ」

「え……っ」

目を見開くと、松はからかうような生ぬるい表情で続けた。

「勝手に野菜を置いてくのは気が引けるからね。念のため、銀古さんに一言声をかけていったんだ。けどいつも上の空でねえ。何度か声をかけてようやく気づくくらいで、申し訳なさそうに謝ってくれるんだよ。普段と違って調子が出なかったんだろうね」

「そう、だったのですか。全くいつも通りに見えたのですが」

「きっと珠ちゃんが帰ってきたから元に戻ったんだよ。珠ちゃんはほんとよく務めているんだねえ」

「いえ、そんな……」

「そんなこともあるだろう？　全く銀古さん、珠ちゃんがお嫁に行くことになったらどうなっちまうんだか」

柔らかい目で見つめた松に言われて、恐縮していた珠ははっとする。

そうか、そういうことがあり得るのだ、と言われて初めて気がついた。

冴子《さえこ》が重太《しげた》と婚約をしたように、すでに珠の年齢で結婚をすることは珍しくはない。

自分が結婚をすることはないだろう、とは思っていても、あり得るのかもしれない。

自分が、銀市の元からいなくなる日が。

ぽんと、一人で投げ出されたような気分になる。銀古から離れるという考えが自分の中になかったのだと思い知り、なぜか驚くほど動揺した。

「おっと来週もあるんだよね。野菜の配達どうするかい？」

松に持ち出された珠は我に返ると、松に再び野菜の配達を願って別れた。

家に戻り、狂骨《きょうこつ》に銀市について聞くと、思い至ることがあったらしく話してくれた。

『ヌシ様が上の空ねえ。確かにあたしが話しかけたとき、ちょっと反応が遅いときがある気はするけれど、でもまあ気のせいかな？　と思う程度だよ。最近頻繁に出かけてあたしに店の対応を任せることも増えていたし、疲れが溜《た》まっているのかもしれないわね』

しみじみと言う狂骨の言葉通り、珠が一晩銀市を観察しても、特に変わった様子は見られなかった。

珠が話しかけても、受け答えはいつも通りしてくれるし、食事の量も変わらない。強いていうなら煙草《たばこ》を吸う姿をよく見たのと、夜は早めに床へついたくらいだろうか。

本当に日常の変化といっていい、些細《ささい》なことだ。

それよりも顕著だったのが、銀市といるときに家鳴り達が静かだったことだろうか。

銀市がいる場では音が聞こえず、決まって珠が一人でいるとおずおずと出てくる。

まるで怯《おび》えているような反応だったが、それ以上はよくわからない。

それに細々とした足りないものを買い出しに行き、さらに家のことを終えると、あっという間に一日は終わり、銀市に聞きそびれてしまった。

「銀市さん、あまりご無理はなさらないでくださいね」

珠が出際に銀市へ言うと、見送りに出てきてくれた彼は驚いたように目を丸くする。

「それは俺の台詞《せりふ》だと思うが。ありがたく受け取ろうか」

いつもの銀市の笑みだ。珠はほっと表情を緩めた。

きっと気のせいだ。

それでも、御堂《みどう》に少し相談してみようかと考えながら、珠は迎えの車に乗った。

＊

再び本部に戻った珠は、本部内の家事を回すのに注力したが、妖怪達が慣れてくると、本格的に祭りの準備に参加した。

相変わらず、伊吹《いぶき》は軍人達と距離があったが、伊吹に直接関わる隊員達は、彼女が真摯に祭りと向き合うがゆえの態度だと理解してくれたようだ。

それ以外の隊員達も、珠が間に入ることで円滑に回るようになっていた。

ただ、若い隊員達とは反りが合わないようで、ギスギスとしたやりとりをよく見る。

統括の立場である御堂はさすがに忙しくなり、本部を空けることも多く、安易に話しかけられなかった。もちろん銀市の話はできない。

隊員達から漏れ聞こえる話で、不審火事件の捜査で多忙なのは察せられる。

銀市のことも気がかりであるが、珠もまた仕事を疎《おろそ》かにするわけにいかず、そのまま時が過ぎていく。

ただ、小鬼達の行方だけは、久米《くめ》に教えてもらえた。

「ああ、あの小鬼達か……。気の毒だけど、戻った先で火に巻き込まれてしまったんだ。燃え残った部分に描かれていた小鬼はまだ生きているようだが、また自我を持てるかはわからないらしい」

「そう、ですか……悲しいです」

沈痛な面持ちで語られた話に、悪い予感が当たってしまった珠は悄然《しょうぜん》とする。

一生懸命手伝ってくれた彼らとはもう会えないのだ。

久米はうつむく珠に勢いのまま声をかけようとしたが、思いとどまる。

そして、落ち着いた面持ちで言った。

「ああ、小鬼達は全く悪くない。上古《かみこ》さんには辛《つら》い想《おも》いをさせるかもしれないけれど。絶対仇《かたき》はとるよ」

珠は真剣に語る久米の傍らにいるふらり火が、不思議そうにしているように思えた。

その日、珠は門扉あたりに、竹と細いしめ縄で作られた簡易の鳥居が立てられ始めているのを横目に廊下を歩いていた。

なんとなく隊員の一部が浮き足立っているように思える。

確かに祭りが近づいていたから、日に日に緊張感が漂うのは感じていたが、それとは違うようだ。

「彼はいたか？」

「いや、こちらにはいなかった。一人で行かせないほうが良かったかもしれないな……」

比較的若い隊員達が、困ったようにひそひそと話し合っている。

なんだろうか、そう思いながら眺めていると、久米と鉢合わせた。傍らにはいつものようにふらり火がいる。急いでいる様子の久米だったが、珠を見ると挨拶してくれた。

「やあ、上古さん今日も精が出るね」

「久米少尉さん、なにか皆様お困りのようですが、私にお手伝いできることでしょうか」

珠が申し出てみると、久米は安堵と途方に暮れたように言った。

「ああ、えっとね実は今日、以前から日本や海外の妖怪関連で助言をしてくれる相談役の方が、祭りの準備の見学に来ているんだ。けど、案内役がちょっと離れた間にいなくなってしまったんだ」

「それは、もしや」

「いいや古瀬《ふるせ》元大尉じゃないよ。……今あいつがここに来るほうが問題だ」

相談役という単語で珠が銀市を思い出したのを察したらしい。久米は即座に否定した上で、言葉を濁す。珠は声音に硬さを感じたが、久米はすぐに話を続けた。

「その方は海外から来られた大学の教授で、特にこの国ならではの人に非《あら》ざる者達の伝承にも興味を持って研究されている。俺達の任務には海外の妖怪も関わってくるから、彼の助言にはとても助けられているんだよ。で、今回祭りの準備から見学したいと言われたから、案内をすることになったんだ」

珠は海外の妖怪と聞いて、海外から来た絵画に宿ったコスモスの君や、秋に遭遇した吸血鬼を思い出す。

この国だけでなく、海の向こうにも人に非ざるものがいるのだ。幅広い知識が必要となってくる中で、専門家に助力を仰ぐのも当然なのだろう。

けれど、珠は驚きと困惑を覚えた。特異事案対策部隊は、世間では活動が知られていない組織だと知っていたからだ。

「あの、その方はどういった経緯で協力されるようになったのでしょう？　特異事案対策部隊は、普通の方には冗談のように思われるのではございませんか」

珠は妖怪を始めとした人に非ざる者が、世間ではすでに物語の中のものとされていると知っている。いくら学問として研究する教授でも……いや、だからこそ一笑に付すのではと考えたのだ。

しかし、久米は安心させるように言った。

「ああ大丈夫。その方も妖怪が見える人で、この部隊創立にも関わった上層部からの紹介なんだ。だから邪魔にならない限りは本部への出入り許可が下りているし、御堂少佐も一目置いているはずだよ。来るたびに笑顔で話し込んでいるみたいだったからね」

「御堂様も……」

珠はその教授が見える人だと言われて驚いた。

久米は本来の目的を思い出したようで、早口で珠に告げる。

「もしかしたら妖怪に化かされてしまっているかもしれない。外国の方を見つけたら、悪いんだが声をかけてやってくれ」

珠がうなずくと、久米は足早に去って行った。

確かに彼らが慌てるのも無理はない。ここにいる妖怪は、人間との関わり合い方を学びきれていない者も多い。「見える」人間に会ったら、俄然《がぜん》興味を持つだろう。

珠も少々気がかりだったが、ひとまず仕事に戻ることにする。

祭り進行の予行演習も始まり、台所でも、当日に出すもてなしの料理を練習したり、神饌《しんせん》の発注について最終調整の相談もしたりしていた。今日はその補佐に入る予定だ。

それにしても、と珠は先ほどの驚きを思い返す。

「御堂様が頼りにされている方とは、どんな方なのでしょう」

御堂に対する珠の印象は、銀市のことを頼りながらも、依存はせず自立した男性だ。

銀古に来るときも、相談よりも事件解決の報告のほうが多い。

だから、銀市以外を頼るという場面が想像できなかった。

そこまで考えたところで、かなり失礼だと気づき、ぷるぷると頭を横に振る。

『あの御堂が、ヌシ様以外の人間を信用するとは思えんが。珠もそう思うじゃろう？』

考えを振り払おうとしたが、珠の内面を代弁するように貴姫《きひめ》にも言われて狼狽《うろた》える。

返答もできずにまごついているうちに、母屋の奥向きへ続く暗い廊下にさしかかる。

この奥には、危険な物品がしまわれている倉庫があるのだという。さらにその方向には以前御堂にも近づかないよう忠告された特別房もあり、窓から見えたはずだ。

台所へ向かう際にも通るのだが、しかし、珠は立ち止まった。

日中の比較的明るい天候だったが、廊下は直接日光が入らないため陰気で暗い。

その中ごろに、長身に洋装をまとった男性がいた。この本部には体格の良い者も多く、また調査などの関係上軍服でない者もそれなりにいる。

しかし珠が一番目を引かれたのは、彼の持つ金色だ。髪が薄明かりの中でも鮮やかで重みのある色彩がくっきりと浮き上がって見える。

濃い栗色《くりいろ》のスーツを身につけた彼は、楽しげに眼前の壁を眺めていた。

『ほう、これが塗《ぬ》り壁《かべ》か。壁を作っているのか、それとも幻覚を見せているのか。どちらにせよ役に立ちそうな妖怪だ』

聞こえてきた言葉は明らかに異国の言葉だったものの、声には張りがありまだ若そうに思える。

その独り言の通り、彼の前には壁があった。両脇の壁と同じ風合いをしていて、行き止まりとして静かに鎮座している。だがその廊下の先には台所があるはずだ。

珠はそれが塗り壁という妖怪だと知っていた。

道や室内で壁に擬態して、人を通れなくすることが権能の妖怪だ。部隊で保護している一体で、部隊での仕事がないときには母屋で壁を作って困らせる。

普通なら、突如壁が出現すれば、気味悪がり恐怖と不安を覚えるものだ。

しかし金髪の男性は不安げな様子もなく、しゃがみ込んだり触れてみたりと楽しげに観察していた。

それは珠にとっては驚くべき反応だった。むしろ塗り壁のほうが若干居心地悪そうにしている気配すらある。天井付近の隅には、目をこらしてかろうじて見えるような塗り壁の小さな目鼻が、困惑に彩られていた。

珠は当然久米の話を思い出す。

この国ではほとんど見ない金の髪は、外国の人だと一目でわかる。しかしどうしたものかと立ち尽くした。

珠が逡巡《しゅんじゅん》している間に、肩口にいる貴姫が呆《あき》れた声をこぼした。彼は熱心に塗り壁を観察していて、声をかけるのもはばかられる。

『なんじゃあやつ、邪魔をされておるのに妙に楽しそうじゃのう』

ぱっと金髪が翻る。紫の瞳が珠を捉えた。

異国の人らしい彫りの深い顔をした若い男性だった。あまり見慣れない顔立ちだったが、恐ろしく整っていることはよくわかった。

一つ一つの部位がくっきりとしており、頰の輪郭は鋭く、高い鼻梁《びりょう》は男性的だ。だが眉は優しく弧を描き、癖のない金の髪の明るさとも相まり、大輪の洋花を思わせる華やかさがあった。

洋装の上着の下にはベストを着ており、ベストの釦《ボタン》から伸びた銀色の鎖が揺れる。

軽く見開かれた瞳は、と考えたところで、珠はあれと思う。

振り返った瞬間は紫だと思ったのだが、よくよく見てみると薄茶色である。

薄暗がりで見間違えたのかと思いつつ、彼と視線が合った珠は会釈をしてみせた。

「はじめまして。あの、もしや本日見学に来られている教授の方でしょうか」

珠は話しかけたところで、こちらの言葉が通じるのかと不安になる。

だが男性ははっと我に返ると、すっくと立ち上がった。

ずいぶん背が高い。首の曲げ具合からして、銀市よりも高いかもしれないと妙な方法で判断した。

金髪の男性は柔和な笑みを浮かべた。

「失礼しました。はじめましてお嬢さんと精霊さん。ええおそらくその通りです。アダム・フリードマンと申します。お嬢さん方のお名前を伺ってもよろしいでしょうか?」

全く違和なく流ちょうに話す彼に、珠は目を丸くする。

しかも肩口にいる貴姫を認識していた。そういえば、彼が振り返ったのも、貴姫がこぼした言葉に反応したからだ。見える人、というのは本当なのだ。

驚きは覚めないが、珠は再度会釈をした。

「私は女中として派遣されている上古珠と申します。こちらは貴姫さんです。ところで、なのですが。隊員の皆様が捜しておりました。もしや廊下が通れずにお困りでしたか」

珠がおずおずと言い出すと、アダムと名乗った彼はしまったという顔をする。

「おおっと、忘れていました。向こうにはいないモンスターだったものですから。今どかしますね。塗り壁は、足元を払うことで退散させられます」

アダムはすっと腰をかがめると、行き止まりにしか見えない壁の下を長い足で払った。

すると眼前の壁が水面のように揺らぎ、一瞬平たい石のような四角い体に小さな目鼻の顔立ちがある、塗り壁本来の姿が現れる。

彼は残念そうにしながらも、ゆらりと姿を揺らめかせ虚空へ消えていった。

珠は正確な対処がされたことに驚き、アダムを見上げると彼は朗らかにこちらを見下ろしてくる。

年齢も判別がつきがたいが御堂とそう変わらないか、もっと若いのかもしれない。銀市と同じくらいだろうか、と珠はなんとなく思った。

ただ、じっと観察するように見つめられてしまい、珠は居心地の悪さと困惑を覚える。

「あの……？」

「もしかして、あなたがあの銀古の従業員さんでしょうか。一度お会いしてみたかったのですよ。もし良ければぜひお話を聞かせてくださいませんか」

そう言ったアダムは、ずいと距離を詰めてくる。珠は少し圧迫感を覚えてたじろぐ。

ふわりと牡丹《ぼたん》の打ち掛けを翻す貴姫にかばわれた。

『慣れ慣れしいのう。異国の者は初対面のおなごにかような無礼を働くのか』

貴姫がとげとげしくけん制するのに、アダムは目を丸くすると申し訳なさそうに足を引っ込める。

「これは失礼いたしました。美しい方はガーディアンなのですね。ですが、けして色めいたことではありません。学術的興味なのです」

「いえ、お気になさらず……。アダム様、でよろしいでしょうか。学術的な興味というのはどういう意味でしょうか」

意外なほど丁寧に謝るアダムの物腰の柔らかさに珠は面食らいながらも、おそるおそる問いかけてみる。

アダムは少し驚いた表情をしたものの、思い至ったように答えてくれた。

「そうでした、この国では表記が逆でしたね。アダムが名前で、フリードマンが姓になります。ですがアダムでかまいませんよ。生徒には『アダム先生』と呼ばれていました」

「失礼いたしました。そして、ありがとうございます」

ぺこりと頭を下げる珠に、アダムは柔和に続けた。

「学術的にというのは文字通りです。私が研究しているのは、この国のモンスター、妖怪です。関連する祭事や習慣、伝承ももちろん研究対象ですが、特に人と妖怪の関わり方、距離感はとても興味深いです。様々な角度から精査して考察をしたいのですよ。その点から言っても、妖怪と人間双方を取り締まるこの特異事案対策部隊や、妖怪と人間の職業を斡旋《あっせん》する口入れ屋銀古は対照的で興味が尽きないのです」

「は、はあ」

珠は立て板に水を流すような話にぽかんとしながらも相づちを打つ。

珠にしてみれば、どちらも日常の光景なため、彼がそこまで熱意を持つ理由がよくわからなかった。

とはいえ彼が本気で興味を持っているのは理解できたから、顔には出さないようにしたつもりだったのだが、わかってしまったらしい。

「おや、あなたはご自分がどれほど特異な環境にいるか、知らないのですね。まあ仕方ないかと思います。ですが、考えたことはありませんか。見えない人間は人ではないものを恐れますが、なぜわざわざ近づくようなことをするのか、と」

見抜かれてしまった決まり悪さを覚えながらも、珠はアダムの話に興味を惹《ひ》かれた。

「怪談話は劇場でも上演される人気の題材だそうですね。『肝試し』と言って妖怪や幽霊が現れる場所、時間帯に出かけることもあります。神霊や妖怪を『ないもの』として扱いながらも恐《こわ》がり、親しみ、神頼みをする。この矛盾した行動と感情を上古さんはどう思われますか？」

神頼み、というくだりで、珠は八百屋の松が龍の絵姿を火除《ひよ》けとして貼っているという話が脳裏をよぎった。彼女も話半分と言いながら、かなり真剣だったように思う。

「どう、なのでしょう。考えたことがありませんでした。でも、今思えば不思議ですね」

珠が今まで遭遇してきた人々の妖怪に対する反応は、一様に忌避と怯《おび》えだった。

それでも、肝試しにも行くし、夏祭りでかけられるお化け屋敷《やしき》は大人気だ。気味が悪いと語りながらも、隣にあることを当たり前としている。

珠の村の人間が神であった大蛇を恐れていたのは、例外的だろう。あの大蛇は実害があったのだ。

だが、大蛇を恐れていたのであれば、奉るのは大蛇だけで良いはずだ。いわばただの生贄《いけにえ》である珠を、あそこまで大事に奉りあげる必要はなかったのではないか。

ふと、疑問が浮かんだが、アダムがにこりと微笑《ほほえ》むのに気をとられた。

「その理由を様々な角度から情報と資料を集め、考察し解明するのが私の研究なのです」

「フリードマン教授！　よかったご無事なんですね」

アダムが言ったところで、反対側の廊下から小走りの久米が現れる。

すぐにそばまで来た久米はほっとしたように珠とアダムを見比べた。

「上古さんが見つけてくれたのかな、ありがとう。助かったよ。フリードマン教授は出入りを許されているけど、御堂少佐がいない今はちょっと気まずいからさ」

「あ、いえ私は別に」

「どうやらここまでのようですね。上古さん、ありがとうございました。ではまた」

アダムが自力で脱出したと、珠が告げる前に、アダムに先んじて礼を言われてしまった。

久米はアダムを連れて去って行く。

珠も仕事があるため、いつまでも話しているわけにはいかなかったので、少し気がかりながらも、ぺこりと頭を下げて今日の仕事場へ向かうことにする。

珠の背後では久米とアダムが話をしているのが聞こえる。

「ところでフリードマン教授、この間の勉強会で話してくださった降霊術の話、とても興味深かったです。実はウィジャ盤をあれから試してみて……」

「もしかしてその火の妖怪が……」

久米とアダムが声を潜めたことで、それも聞こえなくなったのだった。

＊

それ以降、アダムとは関わらないだろうと思っていた。

しかし遅い昼食の時間に、珠は食堂の片隅でアダムと昼食をとろうとしていた。

「私に付き合ってくださってありがとうございます。久米さん達に急に召集がかかってしまいましてね。自由に見学してかまわないとは言われましたが、昼食の準備はしていなかったものでして」

「それは大変でしたね。まかないの献立で申し訳ありませんが、どうぞ」

恐縮するアダムの前に、珠は持ってきた昼食を並べていく。

貴姫は警戒する様子を見せていたが、表には出ていない。珠の決めた行動に口を挟む気はないということなのだろう。

今日の献立は、急遽《きゅうきょ》焼いただし巻き卵に、レンコンとにんじん、しめじ、こんにゃく、厚揚げを炊き合わせたもの。昼の食堂で大量に作ってあった青菜の煮浸しと里芋とねぎの味噌汁《みそしる》だ。白米があれば充分な食事だ。

ただ、本当にあり合わせで、珠が食べるためだけに作ったものだから、客人のしかも外国の人に出すのは気後れする。

しかし、並べた料理の数々に、アダムは目を見開いた。

「おお、だし巻き卵ですね！　昔はよく食べました。こんなに用意してくださってありがとうございます」

少し弾んだ声音はまさに旧知のものに出合った反応だった。

「だし巻き卵をよく食べていらっしゃったのですか？」

「ええ、ちょっと気の利いた居酒屋だとありますから、知人がよく頼んでいましてね。一時期はかなりの頻度で食べていました。おかげでずいぶんと舌になじんでしまいました」

「もしかして、この国に来られて長いのでしょうか」

つい半年前に部隊に協力をし始めたという話から、最近この国に来たのかと思い込んでいた。勘違いをしていたのかもしれない、と珠はアダムの盆に添えてしまったフォークとスプーンに申し訳なさを覚える。

アダムもまたフォークとスプーンに気づくと、ふっと笑いながら慣れた仕草で箸を持つと手を合わせる。

「長いと言っても十年にはなりません。この心遣いは嬉《うれ》しいですよ。ではありがたくいただきます」

アダムが日本式の挨拶をするのは、妙にしっくりときている。

珠も食事の挨拶をして自分の分に箸をつけながら、そっとアダムを窺う。

食堂は食事時から時間が外れていることもあり、隊員達はおらず、片付けをしていた妖怪達の姿もない。

珠とアダムの二人きりだ。

アダムは味噌汁の椀《わん》に口をつけ、だし巻き卵を器用に箸で割り、一口分を口に運ぶ。無意識だろうか、彼は少し懐かしそうに目を細めた。味わうように丁寧に食べる姿に、忌避は見当たらない。

「お口に合いましたか」

安堵《あんど》した珠が思わず聞くと、アダムは面食らったようにこちらを見返す。

「なぜ、そう思われましたか」

「え、ええとお顔がほっとしているように、見えたので……おいしそうに食べていただけて良かったです」

珠の言葉を聞いたアダムは、空いた手で自分の頬を撫《な》でた。

「そう、ですね。確かにおいしいです。……そう、だ。私がおいしいものを食べたときは、必ず顔でわかると母に言われたのを思い出しました。母以外に言われたことはなかったので、気づくのは彼女だけと思っていましたが」

「確かにわかりやすい変化ではないのでしょうが、ちょうど知っている方に反応が似ていたのもあるかもしれません」

銀市も、好きなものやおいしいものを食べたときは、表情がほころぶ。だから気づいたのかもしれない。

そして、思い立った。アダムの気配が、どことなく銀市を思い出すのだ。特にふとした横顔に感じる寂しさみたいなものが。

だから、つい、食事に誘ってしまったのだろう。

柔和で気さくで人当たりの良いアダムと、どちらかというと寡黙な銀市は、性質も外見的な雰囲気も全く真逆なのに、不思議なものだ。

そこまで話したところで、アダムの食事の手を止めてしまったことに気づいた。

「ごめんなさい。お食事の邪魔をして」

「良いのですよ。もしかしたら、あなたは母と感性が似ているのかもしれませんね」

アダムが箸を動かし始めたのを見て、ほっとした珠も、だし巻き卵を一口食べる。

今日のだし巻き卵は、急いだにしてはうまく焼けた。銀市も好む味付けだろう。

珠はぼんやりと、一時帰宅をしたときの銀市を思い出す。

一日過ごして、いつもの銀市と変わらないと思ったものの、やはりどこか上の空な場面は多かったような気がする。

師走に向けての準備もあるから、忙しかったのもあるのだろうか。珠の業務報告には、手紙が届いただろう日に返信をくれる。無理をしていないだろうか。

銀市は珠とは比べものにならないほど年を重ねた人だ。杞憂《きゆう》だと思う気持ちもあるが、やはり御堂に相談してみようか。

「難しい顔をしていますね」

話しかけられて、珠は目の前にアダムがいたことを思い出し、どきりとしてしまう。

「す、すみません考え事をしておりました」

「おや、それはいけない。これだけおいしい食事ですから、楽しく味わえたほうが良いでしょう」

アダムはさらりと言いつつ、こんにゃくを箸で器用につまんだ。

料理をおいしいと称されて気恥ずかしくなりながらも、珠はなにか会話を、と思い話しかけた。

「久米さんはどちらに行かれたのでしょうね」

「なんでも、有益な情報があったとかで、今は対策のために会議中とのことでした。長引いているみたいですね。さすがに部外者ですから、これ以上は知りませんが」

「なるほど……」

最近ずいぶん事件が多いと肌身で感じていたから、有益な情報があれば一気に進展するのもあり得るのだろう。

それきり、話せることが尽きてしまい、再び珠は焦りかけたが、今度はアダムが少し改まった様子で話を振ってくれた。

「あなたのような見える方は、やはり妖怪に囲まれて生活するのにも、苦労があるのではありませんか」

案じる声音に、珠は戸惑って見返すと、アダムの表情が少々真剣みを帯びる。

「妖怪が見えることから多くの気苦労を背負って来たでしょう？　この本部や口入れ屋での業務は他者に理解されないことも少なくない。それが心労になってはいませんか」

ああ、そういうことか、と珠は納得したものの、眉尻が自然と下がった。

「私のまわりの方は、良くしてくださいます。確かに妖怪さんに困らせられることはありますが、そういったときでも、今は知り合いに助けていただけますから。その、ご心配はありがたいのですが、そう聞かれると困ってしまうのです」

珠は銀古でもこの部隊本部でもずいぶんのびのびと働かせてもらっている。珠としては今が一番働きやすいのは間違いない。だから、そのように心配されるとどう受け止めて良いかわからないのだ。

珠がそう話すと、アダムは驚いたように軽く目を見開く。

「そうでしたか。安易に決めつけるのはよくありませんでしたね。謝罪をいたします」

「いえ、お気になさらず……。それに、妖怪関連で勤め先を十回ほど解雇されたり、生贄《いけにえ》になるために育てられたりするのは、普通の方々と違うと思うのです。普通ならそうやって気遣われるものなのだろうというのは、本部に来てから理解しました」

だから、アダムに案じられたこと自体がいやなわけではない。

珠はその根拠を示すつもりで口にしたのだが、アダムはなぜか目を丸くしている。

まるで驚きすぎて、語るべき言葉を見失ってしまったとでもいうような。

だが、今までの話に彼を驚かせるようなものがあっただろうか？

珠が考えていると、我に返ったらしいアダムが、眉を寄せて問いかけてきた。

「上古さん、十回ほど解雇、はとてもではありませんが笑って話せる数ではない大変に過酷な経験だと思います。ただ、次の単語は私が聞き間違えたと思いますので、もう一度ゆっくり話していただいても良いでしょうか」

「え……ああ生贄のくだりでしょうか。外国の方にはなじみがないかもしれませんね」

「いえそうではなく……」

アダムがさらに困惑している気がしたが、珠はなるほど、わからない単語があったのかと納得した。

珠にとってはある種なじみ深い単語でも、生贄というのはこの国でもずいぶん廃《すた》れた言葉だろう。アダムがあまりにも流ちょうに会話をしてくれるから、彼が外国から来たことを忘れかけていた。

普通の人間相手であれば言葉を濁す部分でも、彼は珠と同じように人に非《あら》ざる者が見えて、神秘を知る人だ。なら大丈夫だろうと、珠は説明した。

「生贄、というのは神様に捧《ささ》げられる供物のことです。私は出身の村で、神として崇《あが》められていた大蛇の贄《にえ》になるために育てられました。幸いにも貴姫さんに助けられて、こうして無事でおります。ただ、世間で言う普通というのをほとんど学んでこなかったので、そちらのほうが苦労したかもしれませんね」

自分から話すのは、これが二度目だ。けれど銀市に話したときよりも、ずっとすんなりと口にできたことに、話し終えて気がつく。

もう、過去のことであり、終わった出来事なのだと感じて、珠は自分の変化が少し誇らしくなった。

のだが、アダムは強い衝撃を受けたように顔を引きつらせていた。

「生贄、というのは、聞き間違いではなかったのですね……」

「え、あ、はい。そう言いましたが」

「あなたも彼女と同じ……いえ、大丈夫です。続けてください」

なんとなく、珠がいなかったら、頭を抱えていそうなアダムが気がかりだったが、促された珠は話を続けた。

「様々な職場を解雇されたのも、きっと妖怪はきっかけに過ぎませんでした。今ではそれぞれにあまり良くない職場だったと思いますし、妖怪さんには妖怪さんの生活と事情があったのですから特別に思うことはありません。まあ、ただ食べられかけるのはさすがにちょっと困りましたが……」

「食べられかけるのは、ちょっとのことではありませんよ」

「そう、でしょうか」

珠が小首をかしげると、アダムが複雑そうに苦笑する。

外国の人にも驚かれると、やはり自分は特異だったのだな、としみじみとする。

アダムは目を細めて言った。

「まあ、あなたの背負った苦労は、人に非ざる者を恐れる人間が少なくなったせいもあるのでしょうね」

「恐れる？……あ、先ほど廊下で話してくださったことの続き、でしょうか」

珠が思い至って問い返すと、アダムは穏やかに「興味がありますか」と聞いてきた。

興味はある。珠がうなずくと、彼は銀市とはまた違う、柔らかな低い声で話した。

「そう、ですね。古くから人間は、見えず、聞こえない妖怪に覚える恐怖を名付けることで和《やわ》らげてきました」

「名前をつけることが、和らげることになるのですか？」

珠が質問すると、アダムはいやがるそぶりも見せずに答えてくれた。

「ええ、そうですよ、名前をつける行為は、少なくとも『そこにある』と認めることです。

異界から人の領域へ引きずり出す行為なのですよ。名付けられることによって、妖怪は形を持って猛威を振るえるようになったと同時に、人の手に堕《お》ちたともいえますね。近年では民間伝承の成り立ちを調査記録し、分析をして、妖怪がどう成り立つかを明らかにして、さらに妖怪から脅威を取り除いています」

アダムの声はどこか醒《さ》めているように思えたが、珠は彼の語り口に引き込まれた。

「その一例が降霊術ですね。珠さんはご存じですか？」

「ええと……ウィジャ盤、というものがあるとは聞いたことがあります」

珠がつい最近御堂が話してくれたことを思い出していると、アダムが目を見張った。

「おや、そちらをご存じとは驚きました。この国に伝わったときには、コックリさんと名を変えて、狐《きつね》や動物霊を降ろし、交信するもの、と言われています。ですが英国や米国では死霊と交信ができるという触れ込みでした。渡ってくるときに変化したのです」

「それは、ずいぶん違うのでは？」

「なじみ深いものに変わったんですよ。人の『そうである』『そうに違いない』という思い込みや考えは、人に非ざる者を容易に変質させる力があります。妖怪は、たとえ強大な力を持とうと脆《もろ》い存在なのですよ。……だからたかが人間に負けてしまう」

途方もない話に、珠は呆然《ぼうぜん》とアダムを見返す。

しかし、思い当たることはいくつもある。御堂が碁盤の精と交流をし、自我を芽生えさせたこともそうだし、狂骨は多くの人々がした「朧太夫《おぼろだゆう》」の噂《うわさ》によって、本人の意に反して往年の姿に戻りかけたのだ。

人間はただ妖怪に翻弄されるだけだと思っていたが、少し違うのだろうか。

「そもそもこの国の人々は、祟《たた》り、害意を及ぼすとされるゴーストですら奉ることで神としてきたのです。いずれ恐れすら克服して、妖怪達を変質させられるかもしれませんね」

「それは、寂しくて悲しいことですね」

珠が思わずつぶやくと、アダムは不思議そうにした。

「どうしてそう思われるのですか？　あなたは妖怪の脅威に晒《さら》されていたでしょう？　妖怪達が脅威でなくなるのは、良いことではありませんか」

「ですが、妖怪さんがいなければ、私は今の銀古にお世話になることもありませんでした。それに、銀古で過ごす間に、悪い人間も、良い妖怪もいることを知りました。だから妖怪さん自体が悪いわけではないんです」

アダムはゆっくりと瞬《まばた》いた。その反応は、彼が驚いているように感じられた。

「似たようなことを、言われたことがあります。『どれだけ悲しい始まりだったとしても、その先で出会ったものは祝福だった。だから、すべてを憎まない』と」

同意を得られたことは嬉《うれ》しかったが、アダムはどこか寂しそうに思えた。その話をした人に、なにかあったのだろうかと考えても、彼にかけるべき言葉は見つからない。

結局、珠は話を続けるしかなかった。

「はい。それに、妖怪さんも妖怪さんなりの想《おも》いで関わろうとなさっています。だから彼らが望む自分で居られなくなることは、悲しいと、思うのです」

そこで珠は、少し考えた。アダムはいわば「見える」人間としての先達だ。

伊吹もそうと言えばそうだ。しかしアダムはなんら特別な力を持たなくとも、塗り壁に対処をしていた。教えを請うにはこれ以上ない適任なのではないだろうか。

「でももしかしたら、妖怪さん関連で私の経験したことがない困難に遭遇するかもしれません。アダム先生も妖怪さんに大変な想いをされて来られたのでしょうか。そういうとき、どのように対処して乗り越えれば良いのでしょう」

アダムに問いかけた珠は、彼の静かな表情に引きつけられた。

悲しみにも怒りにも見えたが、嵐の前の凪《なぎ》のような有り余るほどの大きな感情を凍り付かせた表情だと思った。

「──妖怪も、人も信じすぎないことですよ」

淡々としていたが、それだけと断じるには違和がある。

信じすぎるな、とはどういう意味だろう？

「妖怪と人は、在り方自体が違うものです。妖怪はいくら想いを傾けようと、相手が望むとおりに応えてくれるわけではない。そして人間の、自分達の力が及ばない恐ろしいもの、理解できないものに対する反応は二つです。排除するか、利用するか」

「アダム先生……？」

「ひとつ、私の故郷の昔話をしましょうか」

疑問符を浮かべる珠に対し、表面上は穏やかなまま、アダムは話し出した。

「あるところに、女がおりました。彼女は悪魔に気に入られ、悪魔の子を宿してしまいます。……ああ、悪魔というのはこの国でいう鬼のようなものと考えてください。絶対悪として語られる、許されない存在です。しかし神の教えで堕胎は大罪です。敬虔《けいけん》な信者である女は密《ひそ》かに産み落とし、生まれた男の子を人間として育てました」

妖怪の良い面があれば悪い面もあるという価値観で育った珠は、「絶対悪」という単語に実感がわかない。

だが、良くないものに気に入られ、理不尽な目に遭わされたのならばわかる。女性はさぞ大変だっただろうというのは、容易に想像が付いた。

「悪魔の子は見た目は人間の子供でしたが、人ではない力を有していました。それでも女は子供を慈しんで育てました。女はこう考えていたからです。どのような生まれでも、自分の子には変わらない。優しく他者を思いやれる子になってほしいと。だからこそ、彼女は悪魔の子に出自を隠さず、それでも愛していることを言葉で、行動で示しました」

それは平凡で、けれど幸せな親子の生活だった。

朝起きればおはようと挨拶し、毎日の食事が用意され、おいしいと言えば嬉しげな返事がある。身を寄せ合って眠り、愛していると伝えられる。

悪いことをすれば当然のごとく叱りつけ、良いことをすれば心の底から褒めた。

「父のいない子を産んだ女は、社会的に弱い立場でした。薬草の調合ができたためなんとか暮らせていましたが、子供を一人で育てるのは恐ろしく困難だったでしょう。ですが女は、少なくとも子供の前では、一点の曇りもなく母としてあり続けました」

珠は女性の強さに驚いた。悲観して自暴自棄になってもおかしくないのに、彼女は子供をきちんと育て上げたのだ。そうそうできることではないと、思う。

「子供は、自分を慈しむ女を不思議に思いました。なぜなら女から教えられた神の教えでは、悪魔の子が生きていることは罪なはずだからです。母を慕っていた子は、ある日完全なる善意で母のためにと自らの命を絶とうとしました。ナイフを構え、胸をひと突きにしようとしたのです」

「っ」

淡々と語られる異質で凄惨な描写に、珠は口元を押さえた。

アダムは青ざめた珠に気づくと少し我に返り、安心させるように目元を緩めた。

「それは、寸前のところで女自身に止められました。彼女は泣きながら子供を叱責しました。『私の大事な宝物を奪うのは、たとえあなた自身でも許さない』と。悪魔の子は、それ以降、自ら命を絶つことはしませんでした。代わりに母をより助けることにしたのです」

子供は率先して母の仕事である薬草摘みを手伝い、体が大きくなるにつれて重労働を引き受けた。

女は子供の気遣いを喜び、子供を慈しんだ。

珠にとってはあまり実感のわかない風景だったが、それでも女性の温かな心と、子供が母親を慕う姿が目に浮かぶようだった。

いつしか夢中になってアダムの話に聴き入っていた。

「母を慕い健やかに育った子供は、その聡明《そうめい》さで人々を助けるようになりました。それはすべて母のためです」

子供は人の役に立ったびに、母に褒められることが嬉しかった。

なにより、自分が問題を解決すると、街の人間の態度が軟化するのを敏感に悟っていた。

だから共同体に入るため、彼らが抱える問題に、様々な解決法を考えだしたのだ。

「母の役に立ちたい一心ではじめたこの試みで、子供はやがて神童と呼ばれるようになりました。周囲は悪魔の子を褒めそやし、頻繁に知恵を借りに来ました。すべてが良い方向へいくかに思われましたが、……ですが突出する、ということはそれだけ目立ち、あらぬ悪意を向けられるのですよ」

「その後、どう、なったのですか」

「あるときから、こんな噂が流れるようになったのですよ。『神童の優秀さは、悪魔と取り引きをしたからだ。母親は悪しき技《あ》を使う魔女だ』と。当時は魔女狩り——罪もない一般人がろくな調べもされず、疑いだけで弾劾されて、次々に殺されていった時代です。女も例外なく、拘束されろくな調べもなく火あぶりの刑が決まり、死にました」

「たったそれだけで殺されてしまうのですか!?」

ぞっとした珠に、アダムは柔らかいまなざしを向ける。

その瞳の奥は冷え切っていた。

「そういう時代だったんですよ。しかも滑稽なことに、女を魔女だと子供を悪魔の子だと告発した連中は、彼女を調べたわけでなく、ただ単に子供の優秀さを妬んで根も葉もない噂を流しただけなのです。それで親子が死に追いやられるとは重々承知していたのに」

それは、なんという悪意だろう。

もはや言葉もなくす珠に、アダムは淡々と続けるのだ。

「結局女が信じた神も、女に子を産ませた悪魔も女を助けもしませんでした。人に非《あら》ざる者はけして人を救いはしない。人は悪意だけで、人に非ざる者とは比べものにならないほど残酷に、同胞である人すら排斥する。彼らはいつ牙を剝《む》くかわからない。だから信じてはいけませんよ」

そう、アダムが締めくくった。

誰もいない食堂が、しんと静まり返る。珠は彼の気魄《きはく》に圧倒されていた。静かなのにとても生々しく、言葉の裏に煮えたぎるような熱を感じた。

怒り、ともいえるような。

それは、女性を助けなかった神や悪魔に対してなのだろうか、悪意で陥れた人間に対してなのだろうか。

わからない。それをアダムに聞くのは酷なような気がした。

でも、と珠は勇気を出して尋ねた。

「……悪魔のお子さんは、その後どうなったのでしょうか」

アダムの醒めた薄茶色の瞳が、不思議そうに瞬いた。

だめ、だろうか。と珠は不安になったが、ただの昔話というにはあまりにも真《しん》に迫ってどうしても気になってしまったのだ。

「お話の中には、悪魔のお子さんの最期はありませんでした、よね。殺されてしまったのでしょうか。それとも、逃げ延びられたのでしょうか。お母様を理不尽な理由で亡くして、悲しまれていないでしょうか。……つらい想いは、きっとされたのでしょうけど」

途中で目頭がつんと痛くなってしまい、珠は口をつぐむ。

自分は、話の中の子供のような悪意に晒されたことはない。

ただ助けてくれる者はいない孤独も、大事な人を失うかもしれなかったときの恐怖も知っている。貴姫や、狂骨に感じた悲しみと絶望が、彼には現実になってしまったのだ。どんなに悲しくとも、せめてその行く末を知りたい。そう思った珠は泣きそうになりながらもアダムを見上げる。

彼は虚を衝《つ》かれた顔をしていた。全く予想していなかったと言わんばかりの表情だ。無意識なのだろうか、左手でベストの鎖がつながるあたりを握りしめる。

「……さあ、どうだったでしょう。子供は仮にも悪魔の子ですし、自分を陥れた人間達に本性を現して復讐《ふくしゅう》をしてからは……案外うまく逃げたのかもしれません」

先ほどとは違う、どこか頼りない声音は迷子の子供のようだった。

しかしそれも幻だったかと思うほど一瞬で、アダムは苦笑をしてみせる。

「そもそも、これは昔話なんですよ。本当か創作かわからない古いお話なのです」

「あっ」

珠はようやく思い至って、顔を赤らめた。

たとえ話のように話してくれたのはわかっていたはずなのに、アダムの語り口が真に迫っていて、つい感情移入をしてしまったのだ。

「も、申し訳ありません」

「いいのですよ。それくらい怖がったほうがあなたには良いでしょう。つまり私が言いたいのは、あなたの雇い主だって、曖昧な存在だからこそ、いつ堕《お》ちるかわかりません。あなたは人に非ざる者に好かれやすい。注意深くなりすぎて困ることはありませんよ」

「は、い……？」

穏やかに諭されて、ひとまずうなずいた珠だったが、ふと違和を覚える。

なにが引っかかったのだろうと思っても、よくわからない。

そうこうしているうちに、アダムは箸を置いた。

「ごちそうさまでした」

「あっお粗末様でした。食後のお茶を淹《い》れてまいりますね」

彼の茶碗《ちゃわん》もおかずのお皿も綺麗《きれい》に空になっていた。よかった、だし巻き卵以外も食べられる味だったのだとほっとした珠は、自分の違和感は後回しにして立ち上がる。

しかし、食堂の入り口を見て止まった。

軍服をまとい眼鏡をかけた男性、御堂がいたのだ。

御堂は珠とアダムを見つけるなり、足取りも軽く近づいてくる。

「御堂様、どうしてこちらに」

問いかけた珠は、彼の手に急須や湯飲みなどの茶器をのせた盆があるのに気づいた。

御堂は朗らかに応えてくれる。

「珠嬢がアダム教授と昼食中って聞いたから、お茶を持って来たんだよ」

「指揮官殿からお茶をいただくとは恐縮です」

申し訳なさそうに言うアダムに、御堂は盆をテーブルに置きながら、気さくな態度で首を横に振った。

「いやいや、アダム教授の案内をするからと言って抜けてきたんです。僕も半ば休憩なのでお気になさらず。こちらの不手際で、案内役の隊員達を借りてしまって申し訳ない」

その口ぶりに、珠は荻原《おぎわら》中尉は大丈夫だろうかと少し思った。けれど、彼は誰よりも仕事に影響させず、息を抜くすべを知っているのだと、珠はここに来てから知った。

だからきっと大丈夫なのだろうと思い直し、急須をとろうとしたのだが、御堂はさっさと急須の茶を注ぎ分け始めてしまう。

「あ、あのお茶くらい私が……」

「いいのいいの。僕が好きでやってるんだからね。ほら珠嬢も座って。けっこう良いお茶なんだよ。どうぞ、アダム教授。こっちは珠嬢ね」

御堂はてきぱきと湯飲みを差し出すと、珠の隣の椅子を引いて座ってしまった。

男の人にお茶を淹れてもらってしまい、珠は恐縮しながらも、おとなしく椅子に腰を戻し、湯飲みを手に取る。

湯飲みは熱すぎず、口をつけると煎茶だった。甘さすら感じるそれは、良い茶葉を適切な温度で淹れたからこそ出せるうまみを持っている。

　これは一朝一夕で出せる味ではない。

　珠は感心して同じように飲んでいる御堂を見た。

「御堂様はお茶を淹れるのも上手だったのですね。甘みが出ていておいしいです」

「ふふ、だろう？　灯佳《とうか》様のような特別なお客様に出す茶葉だからね。だけど玄人の珠嬢に褒められると嬉《うれ》しいな」

「いえ、私はまだまだ……」

　珠が謙遜していると、視界の端で、アダムが湯飲みを傾けているところだった。

　刹那、彼が驚いたように硬直する。

　かすかな反応だったが、口元を押さえるのを見て、珠は異変を確信する。

「どうかなさいましたか」

「いえ……私には、少々熱かったようです」

　珠はまだ手の中にある湯飲みに目を落とした。

　自分には、今の低い気温にちょうど良い温度に感じた。だがしかし、熱の感じ方は人それぞれだ。銀市はかなり熱いものを好むし、逆に瑠璃子《るりこ》は熱いものは少々苦手である。

「お水を持って来ましょうか？　先ほどのお味噌汁《みそしる》も熱めで出してしまいましたが、大丈夫でしたでしょうか」

珠が気遣うと、アダムと視線が絡む。その瞳がまた紫に見えた。

「ええ、大丈夫ですよ。お気になさらず」

えっと思っている間に、アダムはすぐに微笑《ほほえ》みながら答えてくれる。瞳はやはり茶色い。

こんなに見間違えるものだろうか、珠は安堵《あんど》したものの内心首をかしげる。

御堂も眉尻を下げて申し訳なさそうにしていた。

「おや、悪かったね。つい自分の好きな温度で淹れちゃったもので」

気遣う様子からして、御堂もアダムを尊重しているようだ。

珠は密《ひそ》かに驚きながら御堂を見ていたのだが、釈然としないものを覚えた。

なんだろう、と思っていると御堂が再びこちらを向いた。

「そういえば、お茶がおいしい理由だけど、実は使っている水もちょっと特別なんだよ」

「そうなのですか？　確かに名水で淹れるとお茶の味も変わると言いますよね」

「うん。この水は、沢田《さわだ》さんの神社の沢田神社から分けてもらっている水なんだ。あのあたりは清水が湧く土地で、さらに神社でお祓《はら》いをしてもらった力ある霊水でね。沢田さんには感謝しかないよ」

「伊吹さんの神社の水なのですか……！」

「うん、おいしいのはもちろんなんだけど、ちょっと瘴気《しょうき》に当たったとしても、これを飲めば軽いものは祓えるよ。普通の人間にはそれ以上の効果はないけれど、妖怪に憑《つ》かれた人間や、人間が化けた妖怪に飲ませると、苦く感じたり火傷《やけど》のような症状が出たりする。だからうっかり妖怪相手にこの水で淹れて出しちゃうとまずいんだけど」

珠は納得して自分のお茶を見た。自分がおいしく感じたのは人だったからなのだ。

少しおどけたように言った御堂は、アダムのほうを見る。

一瞬アダムのまなざしが、鋭く御堂を射貫《いぬ》いた気がした。

「人間のアダム教授も苦労も多いだろうから、ぜひ出してやりたいと思っていたんだよ」

珠は御堂が気さくにアダムを気遣う姿から、久米が言っていた「御堂少佐も一目置いているはず」という言葉は本当なのか、と納得しかける。

しかし、何気なく見た御堂の様子に密かに驚く。朗らかな笑みだったのだが、銀市と過ごすときと違い、決定的に肩の力が抜けていない。

仕事上の相手ということもあるだろう。だが、珠は自分が初めて彼と対峙《たいじ》したときのことを思い出した。あのときと同じ、表面上は朗らかでも、警戒をしている。

もしかして、御堂は周囲に思われているほど、アダムを受け入れているわけではないのだろうか。

珠は少し張り詰めた空気にはらはらしていると、アダムはもう一口湯飲みのお茶を飲みながら、微笑んだ。

「お気遣いありがとうございます。良いお茶ですね。さすがは対妖異部隊の長だ」

アダムは平然とお茶を口にしている。どうやら瘴気には当たっていないらしい。

お茶を熱いと感じたのは、人である彼が妖怪の問題を抱えていたからでは？　と一抹の不安を覚えただけに、珠はほっとした。

「まだまだ、前部隊長の功績が偉大すぎてまいっちゃうんですが、教授にそうおっしゃっていただけると頑張っているかいがありますね」

「おや、不思議なことをおっしゃいます。私はあなたより年下でしょうに」

やんわりと苦笑するアダムに、御堂は目を見張ったあと、照れくさそうに笑う。

「いやあ、つい。アダム教授を前にすると、なんとなく身が引き締まってしまってね。ここにいると、外見と実際の年齢が違うことなんてしょっちゅうだから許してほしいな」

「気にしませんよ。こちらに来てから、ずいぶん年を勘違いされることが多かったものですから。御堂少佐は人の身で人に非《あら》ざる者を統《す》べておられますから、あまり謙遜なさらなくてもよろしいかと。まあ、その分だけ気苦労も多いでしょうが……」

「そんな風に言ってもらえるのは嬉しいなあ。おっと珠嬢、ごめんよ食事の手を止めて。落ち着かなかったら、僕達は移動しようか」

御堂が途中で申し訳なさそうに言う。

珠は大慌てで首を横に振り、自分の盆を持って立ち上がった。

「い、いえ私が遅いだけですから、私が移動します。アダム先生、空のお皿はいただいて行きますね。ゆっくりなさってください」

「私の盆まで運ぶのは……大丈夫そうですね。お付き合いくださりありがとうございました」

「いえ、こちらこそありがとうございました」

ひょいと珠が片手でアダムの盆を持つと、彼は軽く驚きながら見送ってくれる。

珠は恐縮しながら御堂の横を通ると、御堂がアダムに見えない部分で目元を和らげ「ありがと」と口元を動かした。そのときの御堂はいつも通りだった。

盆を二つ持ちながら、厨房《ちゅうぼう》のほうへ戻った珠は、息を吐く。

続けて複数の足音が響き食堂が賑《にぎ》やかになる。聞こえてきた声から、久米達が合流したのを知った。

今まで出てこなかった貴姫がようやく顔を出した。

『なんとのう、あやつら、ぴりぴりしておらなんだか』

「そう、です。ね……。貴姫さんもそう感じられましたか」

うなずく貴姫を見ながら、珠は最後の御堂を思い出す。

御堂は珠の性格をそれなりに知っている。「自分が移動しよう」と言えば、珠が自ら引っ込むことは予想がついただろう。

あれは、珠をアダムから遠ざけようとしていたのだろうか。

理由はなんなのだろう。と珠は自然とアダムの姿を脳裏に浮かべ反芻《はんすう》する。

アダムは、不思議な存在だった。今まで出会ってきた人々とは違う、珠と同じ妖怪が見える人だからだけではない。

たとえ話として聞かせてくれた悪魔の子と母親のことはとても生々しかった。まるで実際に見て……経験した話のようですらあった。

御堂が出した人に非ざる者が飲めないお茶を、飲んでいたのだから人間なのは間違いないけれど。態度を気さくに感じても、どこか一人でいるようで、その寂しさが銀市と印象が重なる。

アダムとの会話を思い返していた珠は、違和の正体に気づいた。

「そう、です。どうしてアダム先生は、銀市さんのことを知っているそぶりだったのでしょう」

『むん？　あやつも言うておったではないか。銀古に興味があると。ならばヌシ様のことくらい知っていてもおかしくなかろう』

「それは、そうなのですが……」

貴姫が不思議そうにするのに、珠は自分でもどう説明すれば良いかまごつく。

アダムは先ほどこう言った。

〝――つまり私が言いたいのは、あなたの雇い主だって、曖昧な存在だからこそ、いつ堕《お》ちるかわかりません〟

『雇い主』とはつまり、銀市のことだ。だが銀市は真性の妖怪として周知されている。半妖だと知る人はほとんどいないはずなのに、アダムは銀市を曖昧な存在と語った。

考えすぎかもしれない、けれど。

もしかして、アダムは銀市のことを以前から知っているのではないだろうか。

ふんわりとしたもやを感じながらも、珠は残りの料理を手早く食べ終えたのだった。

＊

祭りの準備は着々と進んでいた。

先日は、伊吹が本祭に先んじて、祭りを言祝《ことほ》いでいただく神を招く祭事を行っていた。

特別に参列を許された珠は、客席から伊吹の舞う姿を眺めた。

祭事を取り仕切る伊吹は、確かに神に仕える者なのだと感じさせるりんとした佇《たたず》まいをしていて、珠は思わず見とれたものだ。

しかし、というべきか。伊吹は一部の隊員との、特に久米との緊張感が日に日に増してもいた。

午前中、時間が空いたために伊吹達の練習を見に行った珠は、廊下の軒先で伊吹と久米が口論をしているのに遭遇した。

軍服の久米の傍らには、ふらり火がふらふらと漂っている。

「沢田さん、あなたは確かに祭りにおいて重要な人だけど、部隊内のことにまで言及する権限はないんだぞ」

「そういうことを申しているわけではありません。そのふらり火は以前に見かけたときとは明らかに……」

「ただ話をしていただけなのに、なぜそんなことにまで突っかかってくるんだ！」

さすがに声を荒らげた久米の迫力に、伊吹は一瞬怯《ひる》むがすぐに久米を睨《にら》みあげた。

「人と妖怪の価値観は違うと言いたいんです。あなたの軽率な行動で、取り返しがつかなくなるかもしれないのですよ」

「俺のふらり火は人間と同じように意思の疎通ができるんだから、人間と同じように扱ってなにが悪いんだよ！　今はもう昔とは違うこともわからないなら、いつか痛い目を見るのはお前のほうだ！」

ふらり火の炎の体が揺らめく。

これはまずいと珠でも理解できたが、二人の剣幕に圧倒されて立ち尽くすしかない。

かっとなった久米が手を振り上げかける。

「やあ久米少尉、沢田嬢。こんなところで会うとは奇遇だね」

いっそ場違いなほど朗らかに呼びかけたのは御堂だ。その傍らには荻原が厳《いか》めしい表情で控えている。

「御堂少佐っ……」

軍人にとって階級というのは絶対的なものらしい。御堂と荻原という上官二人の登場に、久米は動揺しながらも敬礼をする。

その間に距離を詰めた御堂は、彼らの間に割って入るなり、伊吹に笑顔で話しかけた。

「沢田嬢、今日も協力ありがとう。あなたのおかげで隊の者に緊張感が生まれて円滑に回っていると報告に上がっている」

「い、いえ……私はあくまで頼まれたことを十全にこなそうとしているだけです」

さすがの伊吹も気勢を殺《そ》がれたようで気の抜けた調子で答える。

御堂は力強く首を横に振った。

「いいや、こんな男ばかりの職場で居心地が悪いだろうに、よくぞやってくれていると思っているよ。君をお茶に誘っておいしい洋菓子でもごちそうしたいものだけれど」

「なっそんな、親しくもない男性と二人きりで店になど入りません！」

顔を赤らめて声を荒らげる伊吹は、しかしそれが羞恥《しゅうち》だとしっかりとわかる。

久米がなんとも言いがたい表情で口を開いた。

「恐れながら、そのような軟派に興じられるのは……！」

「なにを言っているのかな。彼女は僕達に厚意で協力をしてくれている専門家だ。ならばフリードマン教授と同等に扱い、敬意を払いねぎらうべきだ。間違っているかな？」

急に伊吹に口説きまがいの言葉をかけるのか戸惑ったが、珠は気づいた。

御堂は、先ほどの話は聞いていたぞ、と言外に語っているのだ。

久米は不満そうながらも、ごくりとつばを飲み込んで口をつぐむ。

廊下に奇妙な空気が漂う中、別の隊員が現れた。隊員も御堂を見るなり緊張して略式の敬礼をする。

「久米少尉に用があったのだろう？　僕はかまわないよ」

「はっ！　久米少尉……例の絵姿について、裏取りが……」

「なんだと、詳しく……いや」

その話を聞いて、顔色を変えた久米は言葉を止めると、なぜか珠を見た。

どうして今自分を見るのかと戸惑っているうちに、御堂が口を開く。

「進展があったようだね。君に任せた任務を進めてくれ」

「本当に、いいのですか」

探るような久米に、御堂はいつもの朗らかな表情で……あえて言うのであれば、考えていることが読めない顔でうなずく。

「もちろんだ。僕達の理念は、君達に教え込んだだろう？」

久米は御堂をじっと見つめたあと、安心したように敬礼をし直す。

「了解しました。では急を要するようですので、失礼いたします。ふらり火、またな」

最後にふらり火に声をかけた久米は、ほかの隊員達と共に去って行った。

その後ろ姿を伊吹は苦々しげに見つめながらも、御堂達に向き直った。

「お騒がせしたところを仲裁していただき、ありがとうございました」

「いいや、かまわないよ」

御堂の言葉に、かすかに安堵《あんど》を見せた伊吹は頭を下げると能舞台のほうへ去った。

場が収まったことに胸をなで下ろした珠の視界の端で、ふらりと炎が揺らめく。

視線を上げると、ふらり火がまだそこにいた。少し日差しが陰ったせいか、火の色がほの暗く感じる。

「ふらり火さん？」

珠が声をかけると、ふらり火はその火を揺らめかせたあと、消えていった。

今日の珠は、祭事後の宴会のために、配膳役の隊員と席順の確認をした。

招待客名を連ねた名簿には、灯佳の名前も重要人物として記されていて、彼が立場ある人なのだと改めて知る。

彼と同じくらい、大事に扱われているのが、古瀬銀市であることも。

珠の目が、そこで止まったことに気づいたらしい。荻原が教えてくれた。

「口入れ屋銀古はこの帝都一帯の妖怪の顔役だ。縄張りに所属していない妖怪達も、彼の言うことは聞く。部隊としては大事に扱いたいが、影響力が強すぎて、扱いに困る立場の人でもある」

まさか、「困る」という単語が出てくるとは思わず、珠は荻原を見上げる。

「私達は古瀬元大尉が『人の味方』でいてくれれば良いと考えているが、妖怪達は彼を『妖怪の味方』だと考えている。そこからすでに齟齬《そご》があるんだ。さらに、周囲は都合の良いように考えるから、彼になにかが起きれば、確実に余波が生まれる。それを懸念されて、元大尉は退役された部分もあるのだろうが……未《いま》だに、一人が与える影響としては強すぎるのだよ」

語った荻原のなんともいえない表情が印象的だった。

「影響が強すぎると、なにか悪いことがあるのでしょうか」

そう尋ねると、荻原は眉尻を下げる。困らせてしまっただろうかと珠が撤回しようとすると、慎重に答えてくれた。

「良くも悪くも、多くの人々の感情を動かせてしまう。期待と恐れは紙一重だからね。一つ懸念があれば事実がどうあれ『それ見たことか』と納得しやすい方向に感情が転がっていく。そして火種が広がって行ってしまうんだよ」

〝──突出する、ということはそれだけ目立ち、あらぬ悪意を向けられるのですよ〟

珠はなぜか、アダムの話を思い出した。

その日は一時帰宅の日だったため、午後荷物をまとめた珠は御堂に挨拶をしようと総務室に声をかけに行く。すると、御堂もまたマントを羽織っていた。

「今日は僕も行くよ。銀市に用があるからね。ただほかに同乗者がいてもいいかい？」

「私はかまいませんが……？」

同乗者は誰だろうと思いながら、珠が御堂と連れだって玄関口へ行くと、伊吹がいた。巫女《みこ》服ではなく、新橋色《しんばしいろ》の着物に羽織《はおり》を着込んでいた。帰宅のための準備だろう。

伊吹は御堂に気づくと面食らった顔をするが、彼女が口を開く前に先んじて御堂が話しかけた。

「沢田嬢、これから帰りだろう？　良ければ同じ車に乗っていかないかな。安心してほしい、珠嬢も一緒だ」

「珠さんが……？」

言われて、初めて珠の存在に気づいたようだ。急に視線を浴びた珠は少し狼狽《うろた》えながらもうなずく。

「はい、私も送っていただきます」

「最近は不審火も多発しているし、日が落ちるのも早い。どうかな」

伊吹は逡巡《しゅんじゅん》していたものの、心を決めたようだ。

「わかりました」

「ではこちらへどうぞ」

御堂に促されて居心地が悪そうながらも、伊吹は素直に従った。

運転手はいつもの通り善吉だった。珠が助手席に、御堂と伊吹が後部座席に座る。

車が走り始めると、あっという間に田園風景が過ぎ去っていく。

意外にも御堂は珠だけのときとは違い、話しかける口数はずいぶん少なかった。

まるでなにかを待っているようだ、と珠が後写鏡《こうしゃきょう》越しに二人を窺っていると、覚悟を決めた様子の伊吹が口を開いた。

「御堂少佐、僭越《せんえつ》であるとは重々承知しておりますが、言わせていただきたい」

ぴたり、と御堂の口が閉ざされ、視線が伊吹に注がれる。

「久米少尉は、とても危ういです。彼はウィジャ盤を使っておりました。人に非《あら》ざる者との距離を掴《つか》めておりません。いずれ取り返しのつかないことになるでしょう。部外者の女が出しゃばったことをと思われるでしょうが……」

「ああ、わかっている。こちらでも注視しているところだ」

御堂の返答は、驚くほど真摯だった。伊吹ですら、意外な様子で御堂を見返すほど。

眼鏡をかけたままの彼は、軟派で朗らかな雰囲気を消して続けた。

「だが、君も気をつけてくれ。まっすぐな信念は時として敵意を買いやすい。自ら矢面に立つ前に効果的な方法をとることも考えると良いよ。片意地は張るだけ損だから」

そのように直接的に言われるとは思わなかったのだろう。

若干むっとする伊吹に、御堂は片目をつぶってみせた。

「たとえば、今のように彼の上官の僕へと相談するみたいにね。汚れ役は軍人の役割だ」

「……御堂少佐がわかりませんわ」

困惑もあらわにする伊吹に、珠も後ろを振り返り、そっと言葉を添えた。

「御堂様でしたら、大丈夫かと思います。手段は選ばない方ではありますが、細やかな気配りをしてくださる良い方です」

伊吹が御堂を頼ることをためらっている様子だったからこその進言だったのだが、伊吹は初めてくすりと笑う。

「それ、御堂少佐を褒めているのかしら」

「ええと、褒めたつもりでしたが、ご不快にしてしまったでしょうか……」

不安になって後写鏡越しに御堂を窺うと、彼は困ったようではあったが不愉快そうには見えなかった。

「的確な評価だと思いますよ。優しいだけじゃないってのはこの仕事で大事なこった」

運転手の善吉の肯定に、御堂は眉尻を下げる。くすり、と伊吹が笑った。

彼女はそのまま穏やかな表情で言う。

「なにごともなければ、いいのです。が、いざというときには助けを求めますね」

そうこうしているうちに、左手に流れる林の途切れた部分に鳥居があり、奥に広大な敷《しき》地《ち》と、池が見えた。あの鳥居の向こうに沢田神社があるのだろう。

伊吹の案内で裏側に回り、さらに少し走った場所に和風の家屋がある。

古くはあるがよく手入れのされた家屋が居住空間なのだとすぐにわかる。

民家がないのは、周囲が鎮守の森だからだろうか、と珠は思った。

伊吹はさっさと車の扉を開けて外に出ると、もう一度車の中をのぞき込んだ。

「今日はありがとうございました。上古さんも今日は家に帰るのよね。また明後日《あさって》、かしら？」

「はい。また明後日！」

微笑《ほほえ》んだ伊吹は、門にさしかけられるように枝を整えられた門かぶりの松をくぐり、家の中に入って行く。

そこまで見届けた珠は、御堂も見守っているのに気づいた。その様は意外に真剣だったが、珠には朗らかに言った。

「珠嬢、待たせたね。では出してくれ」

「はい」

善吉の応答で、ゆっくりと車は走り出す。

なんとなく気になった珠は、後ろを振り向き、離れていく伊吹の家を目で追っていた。

あと少しで、木々に覆われる。

そのとき、屋根の上でちらりと、赤いものが舞った。まるで紙吹雪のような、赤い雪のようなものがひらひらと落ちていく。

黄昏《たそがれ》に近づく橙色《だいだいいろ》が、そう見せたのだろうかと思った。

「あれ……？」

「どうかしたかい？　珠嬢」

御堂が声をかけてくれるのに、珠はなんでもないと返そうとして。

伊吹の家から紅蓮《ぐれん》の炎《ほのお》が立ち上がった。

夕焼けとは異質な濁った赤が、ゆらゆらと屋根を埋め尽くす。

あの中には、伊吹が入って行ったのだ。

ざっと血の気が引いた珠は、同乗者の二人に向けて声を張って訴えた。

「御堂様、善吉さんっ戻ってください！　伊吹さんの家が火事ですっ！」

御堂は背後を振り返るなり、険しい声音で言い放つ。

「善吉、引き返せ！」

「了解っ」

運転手の善吉は即座にブレーキを踏むと、激しい土埃《つちぼこり》を立てながら急反転した。

運転の衝撃を、珠はドアにしがみついてやり過ごす。

車は今まではなんだったのかというほど猛烈な速度で伊吹の家に戻った。

珠が転がるように車を降りると、家の前方はすでに火に包まれていた。

先ほど火が付いたのを見たばかりなのに、恐ろしく火の廻《まわ》りが速い。

しかし、外に伊吹の姿はない。

真っ青になって立ち尽くす珠の横で、目つきを鋭くした御堂は善吉を振り向く。

「善吉、この火は消せるか！」

「俺が起こす風では無理ですね。ますます燃えさかる」

「なら大きい音をさせて周辺住民に火事を気づかせなさい。その後水場から水を引っ張ってこられないか試してくれ。ここは幸い水が湧いている！」

「了解っ」

善吉は背に一対の黒い翼を出すなり飛んでいった。

間もなく、ドォン！　とあたり一帯に大砲でも撃ち出されたような音が響く。

その音で我に返った珠はいても立ってもいられず、御堂に言う。

「わ、私は庭のほうを回ってみますっ」

「じゃあ僕は反対側を見る！　普通の火じゃないからできるだけ気をつけてね！」

うなずいた珠は、伊吹の名前を呼びながら、庭のほうから家を一周する。

あたりを見渡す間も、炎の勢いは増すばかりだ。

庭には、清水が流れ込み池が造られていた。

しかしこの規模の火事を消すには足りないだろう。

珠は、すさまじい煙と熱気を感じながらも、目をこらして室内に人の影を捜した。

「伊吹さんっ伊吹さんっ、いらっしゃったら返事をしてくださいっ」

青褪《あおざ》めた珠が必死に呼ぶと、燃えさかる奥のほうに、ちらりと人の手が見えた。

「伊吹さん！」

珠が呼ぶと、その手がかすかに動いた。

折しも反対側から現れた御堂に、珠は指で指し示して教えた。

「中に人がいます！　い、伊吹さんかもっ……！　まだ手が動いていてっ」

「っ」

それきり言葉が胸につかえて話せなかったが、御堂はわかったのだろう。

御堂はマントを脱ぐなり、池の水に浸す。

水を吸って重くなったマントを頭からかぶった御堂は、ためらいなく炎の中へ飛び込んで行った。

「御堂様っ」

『珠、だめじゃ！　燃えてしまう！』

とっさに追いかけようとしたが、立ちふさがった貴姫によって阻まれた。

すぐにぶわり、と炎と共に猛烈な熱気が広がり珠達は後ずさるしかない。

ゆらゆらと激しく赤をくねらせる火が、御堂の姿を隠してしまう。

火の勢いは普通のものとは明らかに違った。

珠はかつて三好《みよし》邸を飲み込んだ、管狐《くだぎつね》の妖火を知っている。妖怪が起こす炎は特別で、普通の水では消えにくいと教えてもらった。ならば、この火災も特別な水でなければ消えないのではないか。

あのとき、火を消したのは――……

背後から、人々が駆けつける喧噪《けんそう》が聞こえてきても、珠は燃える家屋から目が離せなかった。御堂と伊吹が戻ってこないかもしれない恐怖と絶望が襲い掛かってくる。

近くにあったバケツで池の水を汲《く》んで御堂が入って行った縁側にかけても、焼け石に水だ。バケツを落とした珠は、無意識に手を握りしめた。

脳裏に思い浮かぶのは、白銀の龍の姿だ。

どうすることもできない無力さに打ちのめされても、すがるように願ってしまう。

「銀市さん……っ助けてください……」

濃密な、水の気配がした。

肌を焦がす熱気や燃えはぜる音すら遠のくほどの清冽《せいれつ》な気配に包まれ、珠は一瞬呼吸を忘れる。ただ、この感覚を珠は知っている。

ぽつり、と頬に冷たい雫《しずく》が落ちる。

その雨水の勢いは否応《いやおう》なく増し、土砂降りとなる。

弾《はじ》かれるように空を仰ぐと、いつの間にか空には灰色の雨雲が垂れこめていた。

しかし、珠に見える範囲からでも、すぐそばの森の空には晴れた夕焼けがある。

火事の現場だけに、雨が降っているのだ。

珠が呆然《ぼうぜん》と空を見上げている間に、家に降り注ぐ雨は濁った紅蓮の炎をあっという間に鎮めていく。

火が完全に消し止められたと同時に雨もやむ。

背後から火事だと駆けつけて来ていた人々から、ざわざわと声が響いてきた。

「火が消えたら雨がやんだぞ！」

「龍神だ……」

「火伏せの龍の御利益があったんだ……！」

歓喜と畏怖の籠もった言葉だった。

その響きを珠は村でよく聴いていた。恐れ敬うものに対峙《たいじ》したときの声音だ。

ずぶ濡《ぬ》れになっていることも意識の外で、珠がその場で立ち尽くしていると、もうもうと立ちこめる水蒸気の中から人影が飛び出してくる。

珠はひゅっと息を呑《の》んだ。

「御堂様っ伊吹さんっ」

気を失った伊吹を抱えた御堂は、黒焦げのマントを地面に落として珠に駆け寄ってくる。

空からは善吉が煙に紛れて降り立ってきた。

「善吉これは君か！」

「違う、これは……」

否定した善吉はすぐに振り返る。

雨上がりのむせかえるような水の匂いが強くなる。

森の中から歩いてきたのは、長身の男性だった。長着に羽織《はおり》を着て、その上からマントを羽織った姿はとても見慣れたもの。

銀市だ。しかし今は癖のある髪は滝の飛沫《しぶき》のような銀に染まっており、ゆらゆらと虚空に揺らめいている。

表情はなく、どこを見ているかわからないような瞳は金色だった。

なにより、まとう気配が全く違う。すべてを洗い流していく豪雨を人の形に閉じ込めたような、超然とした空気を醸し出していた。

いつもの銀市ではないように。

銀と金を帯びた銀市は、読めぬ表情のまま滑るように珠へと歩いてくると、白い指先を珠に伸ばしてくる。手の甲に、虹の輝きを持つ鱗《うろこ》が浮かんでいた。

「銀市さん……？」

指先が珠の頬に触れる寸前、呼びかけに反応したように、動きが止まる。

銀市がゆっくり瞬き珠を見た。そのときには髪は黒に戻っており、同じく黒に戻った瞳は理知的で、戸惑いながらも安堵《あんど》があった。

「珠、か」

「はい、はい……！　でも、銀市さんは、どうしてこちらに」

呼ばれた珠は安堵に力が抜けるのを感じながらも、混乱のまま問いかける。

銀市は口を開こうとしたのだが、それをかき消すように御堂は焦燥に駆られた表情でつぶやいた。

「くそ……今は最悪に間が悪い……！」

どういう意味だろうと、珠は思った。

それでも、御堂が善吉に預けた伊吹の容態を見なければと思い駆け寄った。

野次馬が驚く声が聞こえると同時に、庭先に軍人達が現れる。

彼らが羽織ったマントには特異事案対策部隊の紋が入っていて、なにより珠がこの二週間ほどで顔見知りになった隊員達だった。

しかしその表情は険しく、一様に銀市を警戒しているのだ。

軍人達の中から前に出てきたのは、久米だった。軍帽までかぶった姿は、本来の印象通りの軍人としての恐ろしさを感じさせる。

久米は御堂に敬礼をすると、銀市に向き直った。

「雨を降らせたのは、あなただな」

「そう、だな」

銀市は言葉少なに答える。

銀市の周辺を囲むように、隊員達が動いていることに珠は気づく。

だが、わからなかった。彼らはなぜ銀市に「敵意」を向けているのか。

不安になった珠は、銀市に寄り添おうとした。

しかし、いつの間にかそばに来ていた御堂に、肩に手を置かれて引き留められる。

銀市との、距離が空いた。

そして久米が声を張り上げた。

「古瀬元大尉、いえ古瀬銀市。不審火事件の重要参考人として同行してもらおう」

「!?」

思ってもみない宣告に、珠は驚愕《きょうがく》した。

だが、その場にいる誰も……当人である銀市ですら驚いていない。

あたり一帯焦げ臭さと未《いま》だ引かない火事の熱気と濃密な湿度の中で、久米の声が響く。

「昨今連続で起きている不審火事件とほぼ同時期に、龍の絵姿を飾ると火除《ひよ》けになるという噂《うわさ》が広まった。その龍は、前時代にこの帝都一帯の妖怪を統べており、かつての大火も龍が降らせた雨で消し止められたという。しかも共に広がっているこの龍の絵だ——語られているのはあなたの逸話だろう」

銀市はなにも言わなかったが、珠は隊員の一人が提示した絵に釘付《くぎづ》けになる。

和紙らしい紙に墨一色のその絵は、何度も刷られているのか所々粗さが目立つ。

それでもなお、宙をくねった胴体や五本の指を備えた手足、たてがみの雰囲気まで、珠の脳裏に鮮やかに焼き付く銀市の本性に酷似していた。

「そして、不審火が起きるごとに噂は広まり、今では流行神といっても良い規模に広がっている。妖怪はどのような逸話を語られるかで、力が決まる。あなたはこの絵をばらまいた上で、不審火を起こし、自ら消してみせることで、力を増していたのだろう」

珠は、彼はなにを語っているのだろうと混乱した。

人に非《あら》ざる者が、多くの人に知られ「そうである」と信仰されることで力を増すことがあるのは知っている。

けれど今の話では、銀市が力を増すために、自ら不審火を引き起こしていたという風に聞こえるのだ。

そんなことあり得ない、と珠は思うのに、久米を始めとした軍人達は、怖いほど真剣に
「銀市が火を付けた」と考えていると感じさせた。

「そして、口入れ屋銀古から遠く離れたこの場に、不自然に居合わせた。あなたが犯人だと疑うには充分だ」

「……確かに、言い訳のしようがないな」

ようやく口を開いた銀市の言葉を、自供ととったのか久米は御堂を見た。

「御堂少佐、これで明白でしょう！　命令を！」

銀市もまた、御堂を見る。

「彼らに指示を出していたのはお前か」

「そうだよ。僕が彼らにあなたを追うように命じた。そしてこの通りだ」

珠も見上げた御堂の顔は、すでに暗がりに隠れていて、表情はよく見えなかった。

しかし、声音は普段と変わらないのに、語るのはすべて久米を肯定する言葉だ。

「まだ疑惑の域を出ない。そうだな」

「あなたが火を付けた現場を誰も見ていないからね。とはいえ僕達は警察ではない。疑惑だけで連行できる」

銀市と御堂が無言でにらみ合う。

彼らに漂う張り詰めた空気は、焦《じ》れた様子の久米ですら口を閉ざす圧があった。

先に緩めたのは、御堂だ。

「それでも、だ。まだ重要参考人でしかないとはいえ、このまま同行してもらえると、双方にとって有益だと思うんだ。どうだい？」

「いいだろう。……いや、少し待ってくれ。――珠」

かまわず動き始めようとした隊員だったが、御堂に手で押しとどめられた。

珠はおずおずと返事をする。

「は、い」

「少し行ってくる。君はどこかで着替えさせてもらいなさい。風邪を引かないようにな」

「っ！」

こんなに大変なときなのに、気遣われてしまった。

胸が詰まった珠がなにかを言う前に、隊員達は今度こそ銀市を囲んだだけでなく、手首に縄をかけた。どう見てもその様は、容疑者の扱いだ。

連行されて行く銀市を、珠は見ていることしかできなかったのだ。

銀市が、不審火事件の容疑者として連れて行かれてしまった。

ぐらぐらと地面が揺れているような気がする。不安で胸がつぶれてしまいそうだ。

ぎゅうと、胸元を握ると、牡丹《ぼたん》柄が広がり、大きな貴姫が寄り添ってくれる。

心配そうに、でもどのように声をかけて良いかわからず佇《たたず》む彼女を見て、珠は少しだけ落ち着いた。

怖い。どうなるか見通せない不安に押しつぶされてしまいそうだ。けれども。

珠の頭上から御堂の声が聞こえてきた。

「珠嬢、ずぶ濡れだと寒いだろう。沢田嬢を病院に送るから、同乗して……」

「御堂様」

話を遮ってしまうのは、悪いこと。けれど珠はだめで元々だと御堂を見上げて訴えた。

「お、願いが、あります……」

意外そうに目を見開く御堂は、いつもと変わらない彼のように感じられた。

第三章　店主の悔悟と決意乙女

人には一寸先も見えない闇に染まり、樹木の輪郭すら曖昧になる庭を、銀市《ぎんいち》は応接間の窓から眺めていた。特異事案対策部隊本部にある、一室だ。

違和を覚えてシャツの袖をまくり、それを確認して深く息を吐く。

先ほどまで隊員に尋問を受けていたが、あまりに素直に答えていったせいか早々に済んでしまったようで、周囲には誰もいなかった。

久米《くめ》という隊員を筆頭とした者達は銀市を首謀者扱いし、強力な妖怪達も無効化する特別房へ入れたかったようだ。

一度扉を閉めさえすれば、生半可な妖怪では力を使うこともできなくなる房だ。

銀市個人としてはそれでもかまわなかったが、部隊内の総意として、現在銀市は表面上は客人として遇されている。

その証拠に、護送中の拘束はすでにほどかれている。ただ、感覚を研ぎ澄ませなくとも、監視の気配は容易に感じ取れた。

なぜ銀市を不審火事件の容疑者と考えているにもかかわらず、このような中途半端な待遇になっているか。

それは、銀市がまがりなりにも、帝都の妖怪の顔役だからだ。自分達の扱い次第で、妖怪と人間が薄氷の上で保っている均衡が崩れかねないから、部隊も慎重になっている。

それにしても、今日の気温は自分には火鉢でもないと寒いなと思っていると、部屋の外から歩いてくる足音がする。

周囲の気配が引いていくのを感じて間もなく、誰何《すいか》もなく引き戸が開けられる。

予想通り現れたのは、短い髪を整え、眼鏡をかけた男、御堂《みどう》だった。

火事場に飛び込んだことは知っていたが、すでに身ぎれいにしていた。名残といえば、焦げた煤《すす》と灰の香りがある程度だ。

淡々とした表情で、きっちりと引き戸を閉めて入ってきた御堂は、手に持った書類鞄《かばん》を脇に置きながら銀市の前に座した。

「銀市、もう一度聞く。あの場にいた理由は」

銀市は、先ほどまでずっと繰り返した話を間髪《い》を容れず答えた。

「火除けとして広まっている、龍の絵姿の出所を追う中で、沢田《さわだ》神社の神主殿に助力を得るために外で会っていた。神主殿に娘に会わせたいと言われて、自宅へ向かう相談をしていたところ、火の手が上がっているのを見つけて救助に入った」

沢田神社の歴代神主は、退魔や封じの術についての知識が深い。銀市は先々代の神主とは知り合いで、今代とも、時節の挨拶を交わす仲である。力の増大を抑えてもらう傍ら、先々代の神主が保管していたとある物品を譲り受けていた。が、そこは質問されていないため、言わなくて良い部分だ。

そこまで反芻《はんすう》した銀市は、御堂を見る。

「……そう、先ほどサトリが同席したときも同じ話をしたぞ」

「知っているよ。サトリは『怖いし読みにくいけど嘘《うそ》はついていない』と言っていたね。だから僕が来たんだよ」

硬質な声音で答える御堂に、銀市はほんの少し目を細めた。

対峙《たいじ》したサトリが、銀市を見て一様に畏怖を宿していたことも思い出し、密《ひそ》かに息を吐きながら言った。

「サトリは嘘は見抜けてもその言動が真実かまでは断定できない。俺と親しいお前ならば、腹を割って話してくれる可能性が高い。なんとしてでもそれらしい言質をとるために、相手を信用させなければならないから、人払いも頼む……と、説得したか」

「その通りだよ。さらに言うなら、久米少尉達をはじめとする君を疑う隊員に、君の絵姿について調査して君自身を監視するよう命じたのはこの僕だ。彼らも、僕が古瀬《ふるせ》銀市を怪しんでいると思っているさ」

「監視の目が完全になくなった。本当のようだな」

銀市がそう返すと、御堂はひどく疲れた風でため息をついた。

「本当なら、次の不審火が出たときには、君の潔白が証明されるはずだったんだけど。本当に、今回ばかりは間が悪すぎたよ……」

「悪かった」

最悪の間だったのは全くもってその通りだったため、銀市は素直に謝った。

御堂は硬質な空気を霧散させている。彼には珠《たま》を本部に預けた時点で、自分の身に起きた異変を打ち明けていた。絵姿によって影響を受けていることも、すでに話してある。

御堂は銀市が疑われないよう、丁寧に隊員達の疑惑の目をそらそうとしてくれていたのだ。それを今回銀市は、台無しにしてしまった。

「まさか本当に火を消してしまうなんて。噂の補強をしてどうするんだい」

「助けんわけには、いかんだろう。知り合いの家で、知り合いの娘だぞ」

御堂の恨めしげなまなざしを受け止めながらも、銀市はあのとき脳裏に響いた懇願を思い出す。

火事が起きたとき、銀市と神主は神社の本殿奥深くにいて、祈る人々の声で騒ぐ力を鎮めてもらっていた。だから、火事が起きたことも、初めは気づいていなかった。

気づいたのは、悲痛な珠の声が鮮明に届いたからだ。

どれだけ騒がしい音に遮られても、銀市の魂に響く特別な声。

彼女の声が届いたとたん、我知らず力を振るい雨を降らせていた。

「そのときの俺の記憶もほとんどない。珠に呼ばれて我に返った」

「君から言われて、異変があるからと珠嬢をずっと預かっていたわけだけれど、やっぱり龍の絵姿は君に影響を与えているんだね」

御堂の確認に、銀市は肯定する。

「ああ、今も耳鳴りのように祈る声が聞こえている。以前は龍に戻らねば容易に雨を降らせられなかったが、今日は充分な雨が降っただろう？　それに、これだ」

銀市は自分の片袖をまくって腕を見せた。

肌には今も消えない白銀の鱗《うろこ》が腕から肘、見えない二の腕にまで続いていた。

予想以上だったのだろう、かすかに息を呑《の》む御堂に、銀市は続ける。

「最近は戻そうと思っても戻らなくなっている。精神面はまだ抑えられているほうだが、力は確実に増してしまっている。遠からず龍の側面に引きずられるのは間違いない」

「そんなにか……」

御堂が難しい顔で沈黙するのを前に、銀市はそれでも安堵《あんど》していた。

実際に隊員達の連携、統率のとれ具合、妖怪達の関係性を間近で見て、改めて思う。

軍属をやめて御堂にすべてを任せてからまだ十年も経《た》っていないはずだが、彼らは彼らで充分やっていけている。

珠を預けてもきっと大丈夫だ。

——自分が守るべき者なのにか。

沸き上がってきた相反する強烈な感情を、銀市は密かに腕を握ってやり過ごす。

誰も幸せにならないとしても、どこにも行かせず、閉じ込め独占したい。

そう、考える自分に気づき、おかしいと感じたのはいつだったか。

彼女の意思を尊重すると、銀市は珠を受け入れると決めた日からずっと考えてきた。だから彼女の意思を無視するような欲求は、たやすく退けられるはず。

時折覚える鮮烈な衝動は、龍の絵によって生み出された信仰の影響のはずだ。

しかし、本来自分の中にあった衝動なのではという疑いが捨てきれない。

唯一わかっているのは、このままでは限界が近いことだ。

まだ芽吹き始めの彼女を自分で害する日が、必ず来る。

「銀市、聞こえるか」

銀市を呼んだ御堂は、表情を引き締めて身を乗り出した。

「不審火と龍の絵姿。この二つの事件は明らかにあなたを陥れようとしているものだ。あなたの本性なんて、僕ですら二度しか見たことがない。酷似した絵を描ける者があなたと親しいと考えるのは当然だ。もしかして、出所に心当たりがあるんじゃないか」

詰問と表していい圧だったが、銀市は沈黙した。

出所は、わかっている。追い詰めようとする者に心当たりも、ある。

銀市が考えている通りの相手なら、これだけではすまないだろう。

だが、その相手は自分の悔恨だ。

『人間は、どうあがいても私達のような化け物を受け入れませんよ』

あのときに投げかけられた言葉には、今でも結論を出せていない。揺らぎ続ける自分が過去に置いてきた課題だ。だからこそ、己一人で向き合わねばならない。

「決着はこちらでつける。お前達はまず祭りを優先してくれ」

「優先順位なら、今の時点であなたも祭りと同じぐらい重要な立場になっているんだ」

気遣いのつもりだったが、御堂に断固として言い放たれてしまい、口をつぐむ。

「今まで、銀市が権力や即物的な力に無欲に見えたから平和だった。けれど、今回の疑惑で銀市が信仰……つまり自分の利益を求めたと取る者が騒ぎ出すだろう。特にあなたを恐れている人間は、これを口実にあなたを完全に排斥しようと動き出す。そんな輩《やから》は、残念ながら、軍の上層部にも少なからずいる」

ため息をつく気すら起きない、わかりきったことだった。

銀市が軍人だった頃からある。少し聡《さと》い人間であれば、銀市の異質さにすぐ気づく。そして、いつか牙を剝《む》くに違いないと考え警戒する。ひとたび隙を見せれば「それ見たことか、やはり自分を害するものだった」と排斥するのだ。

人間にそういった一面があるのも、銀市はよく知っていた。

「とはいえ、だ。僕は、今回あなたを任意同行したこと自体は、悪くないと思っている。今までは、あなたの影響が強大すぎたけれど、部隊がたとえ古い妖怪でも見逃さず従わせると示す一例になったからね」

「……」

御堂がわざわざ言葉にするとは思わなかった。

銀市が目を丸くする間に彼は続けた。

「だがこのままではだめだ。なるべく早くあなたにかけられた嫌疑を払拭しなければ、特異事案対策部隊は、口入れ屋銀古《ぎんこ》と今まで築いてきた協力体制をほどかなければならなくなる。そこまで行くのは不利益が多すぎる」

「わかっているさ。だからこそ、俺の独断で行動したという建前を立たせれば、ひとまず部隊の妨害にはならんだろう……」

「いい加減にしてくれ」

低く声を荒らげた御堂は、傍らに置いてあった鞄を開くなり、眼前へぶちまける。

紙の資料が目の前に広がった。

突然の行動に銀市が面食らう間に、御堂は広げた資料の中から一通のエア・メールを差し出す。

「読んで。今西洋へ行っている隊員からの調査報告だ。つい先日ようやく届いた。心当たり、あるんじゃないか」

銀市は手紙を受け取ると、便せんの束に目を通していく。

読み進めていくにつれて、まさかという戦慄を感じながら、銀市は尋ねた。

「この、アダム・フリードマンというのは誰だ」

「一年前に上層部からの紹介で入ってきた外部相談役だよ。万が一あなたが裏切った場合に備えて人間側にも知識が深い者が必要とのことでね。外部にはあまり知らせてない。英国の教授で、今人間の年若い隊員を中心に人望があるね。彼の存在は珠嬢を通じて内々に知らせるつもりだったけど」

あけすけな御堂は、銀市の手元にある手紙を見ながら続ける。

「その手紙は部下に頼んで、フリードマン教授の来歴を足で調べ直してもらったもの。ぬらりひょんはこういう調査にはてきめんに強いね。どんな人間、それこそ初対面の外国人にでも容易に懐に入っていけるから」

「確かに、あいつなら適任だろうが。まさか海外にまで派遣していたとは」

「彼は国内を放浪するのにも飽きてたから、ちょうど良かったんだよ」

銀市は既知の妖怪の所在を知ると同時に、御堂が見知らぬ部分で銀市から受け継いだ妖怪達の人脈を有効に活用していることを実感した。

密かに驚いているとは気づかず、御堂は一枚の紙を差し出す。

「それでこれが、上層部から打診を受けたときの履歴書だ。ぬらりひょんの調べによると、履歴書の通り英国の大学で博士号をとった記録はあった。けれどどこで生まれてどこで育ったかという記録は一切なかった。代わりに金髪紫眼の、この世のものとは思えないほど美しい悪魔の逸話があったよ」

銀市は、その単語にはっと顔を上げる。

いつの間にか眼鏡を外していた御堂は、素の表情のまま、銀市を見つめた。

「銀市、僕は碁盤の精と再会した。和解までは行かないけれど、僕は妖怪達とどう向き合っていきたいか。答えは見つかったと思う」

御堂は痛みと悲しみと、それを上回る喜びをわずかににじませる。

一瞬で消したあとには、若者だった頃を知る青年が、率いる者の目をしていた。

「僕は僕の知らない妖怪や人間がどうなろうと極論どうだっていい。それでもこうして隊を率いているのは、そういう知らない妖怪や人間を守らないと、僕が守りたいものにまで害が及ぶからだ。だから大いに公私混同する。自分よりも格上の存在と渡り合う覚悟と、儚《はかな》くとも確かに存在する者達への敬意を両立させてみせよう。そのためだったら国だって軍人としての立場だって、僕の友人であるあなただって利用する。僕を守る必要は、一切、ない」

堂々と利己的に、御堂は宣言した。

強い意志の光を宿し、膝に置いた手を拳に握り、大人となった青年は再度問う。

「この資料をあなたに見せることが証明だ。だから銀市もう一度問うよ。本当に心当たりがないのかい」

銀市は、ゆっくりと手に持つ手紙と畳に広がる資料を読み直した。

手紙と、付属する資料には、金髪紫眼の悪魔が関与したと思われる凶悪事件についての記録から、追える限りの足跡まで調べ尽くされていた。

悪魔が大陸から消息を絶ち、英国本土で確認されるまでの空白期間が、幕末の動乱期と重なるところまで、すべてだ。

今日は古い知己の消息をよく知る日だと、銀市は頭の隅で思った。

「……ああ」

胸に感慨深さとでも呼ぶべき驚きを覚え、少しの間瞑目《めいもく》する。

御堂は、自力で確信に至る部分にまで迫っていた。

約十年前、銀市は御堂に部隊を任せられると思ったからこそ身を引いた。わかっていたつもりだったが、人間はいつだって、こちらが思うよりずっと軽々と成長していく。

だからこそ寂しさを押し殺した。

自分の過ごす時間は彼と同じではないと改めて実感しても……自分が本当の意味では人ではないと理解しても、彼が友人であることに変わりがないのだから。

「不審火の実行犯に見当は付いている。けれど、不審火の犯人を捕まえるだけじゃもう収まりが付かないんだ。僕が立てている仮説は、すべてが状況証拠で黒幕を疑うには動機が足りない。僕を友人と呼んでくれるのなら、友人としてあなたを助けさせてくれないか」

友人、友。

こう生まれついたにしては、つくづく人の縁に恵まれている。

そう、自分には、多くの友がいた。

銀市は、沈思する。

間《あわい》の存在である自分に折り合いが付けられず、自暴自棄だった頃。恩人に出会った。

——人間として、地に足をつけて生きていく。

恩人であり、かけがえのない友だった佐野豊房《きのとよふさ》に誓った。

彼がいたから、今の銀市がある。

だが、同じく友とした男が、去り際に残した言葉は胸の奥深くに穿《うが》たれていた。

『人でもなく、化け物でもないものが、誰かと幸福になるなどあり得ませんよ』

それを呪詛《じゅそ》だと、周囲は言った。しかし、銀市は彼の言葉にも一理あると知っている。

おそらく生まれて初めて、お互いを理解できる立場だった。

また彼を退けなければならないことに、心が鉛を流し込まれたように重くなる。それでも彼とは相容《あいい》れず、決定的に決裂したのだ。

銀市は火事場で別れた珠の、今にも泣き出しそうな顔で立ち尽くした姿を思い出す。

彼女は居場所として銀市の作り上げた銀古を選んだ。

そのときの驚きと決まり悪いほどの喜びは、今も忘れてはいない。

自分の本性を見ても、当たり前のように慕ってくれる彼女を守りたいと思った。

そして御堂を見る。また自分には人の友人ができている。

どちらを選ぶかは、明白だった。

銀市は懐からゆっくりと封筒を取り出した。

訝《いぶか》しそうにしていた御堂は、出された古い写真を見て目を見開く。

白黒のかなり粗い写りの写真には、二人の男が並んでいる。

幕末の頃、妖怪も写真に写るのかと試したがった当時の沢田神社の神主にせがまれて、彼がどこからか調達してきた写真機で撮ったものだ。

銀市がそのときにもらった同じ写真は、掛け軸と共に焼失していた。

写っているのは本性を現して、銀髪が白く見える銀市と、もう一人。

銀市よりも若干背が高く、当時はかなり珍しかった洋装に身を包んだ男だ。

彫りの深い顔立ちを不機嫌そうにする彼の瞳と髪は、銀市と変わらず白く写っている。

だが御堂の驚きはそれだけではないだろう。彼は裏面に書かれた日付に目を見張る。

「この男……明治以前に……!?」

「……今の政府が立てられる前のことだ」

銀市が重い口を開くと、御堂がはっと表情を引き締める。

「幕末の動乱期に、西洋から妖怪達が紛れ込むようになった。その西洋の妖怪達の中に、意見の相違で決裂した友がいた。人と共に生きることなどあり得ず、不可侵でいるべきだと……あるいは化け物らしく恐れられるべきだと。以前もそうして人を傷つけた末、江戸《えど》を火の海にしかけた。今回は俺にわからせるつもりで、部隊に入り込んだのだろうな」

「そいつの目的は、まさに部隊と銀古、僕と銀市の決裂だと考える？」

「ああ、奴は、俺が人として生きることを心の底から嫌っていた。絵姿を利用し俺の力を増大させることで、俺の本性を引きずり出すのが今回の目的だろう」

奴は、心の底から人という存在を嫌悪していた。

だから、人として生き、人を助ける銀市の行動を理解しようとせず、銀市と対立し離れて行った。

「力の制御の利かない俺を見せつけることによって、特にお前へ不信感を植え付けるつもりだろうな。俺と親しい人間の友人だと、容易にわかる。あいつは俺が人間と仲良くしているのを心底嫌っていたからな」

「……へえ？　なるほどね」

聞き終えた御堂の返事は低く、だが妙に気が晴れた顔をしていた。

「全くもって気に食わないけど、真っ先に僕を狙ったことだけ褒めてもいい」

「褒めるのか」

意外な言葉にさすがの銀市も聞き返すと、御堂はすまし顔だ。

「もちろんはらわたは煮えくりかえってるよ。でもねあなたにとって痛手になる人間と判断されるくらいには関係が良好に見えるってことだろう。そこは喜ぶべきだよ」

「そ、うか」

「あっちょっと引いたな？　けどね、もっと引くべきは半世紀も前なのに根に持って銀市を陥れようとする奴のほうだぞ。ねちっこいし、未練がましいにもほどがある」

怒る方向が微妙に違う気がしたが、御堂は全く気にしていない様子なので銀市は指摘はやめた。

「ともかく、これで動機がつながり始めた。不審火事件の元凶は、うちの隊員だよ」

銀市が軽く目を見張る中、御堂は苦々しげな顔で続けた。

「その隊員は、以前から意思の疎通がとれるのなら妖怪は自分と……人と同じ考え方をすると信じ切っている部分があった。そこに目をつけられたんだろうね。紹介されたウィジャ盤で、仲のいい妖怪と意思の疎通をしていたようなんだ。明確な自我を得た妖怪は、隊員が気軽にこぼした愚痴を『本心』と受け取り、彼を害したり邪魔したりする『悪者』を燃やしに行ったようだ」

銀市は御堂が苦々しげな顔をしている理由を知った。無理はない。自分と同じ過ちを犯そうとしているのを見るのは怒りに似た歯がゆさがあるだろう。

「言葉を交わし、信頼という信仰によって力を得たか」

そこには触れず銀市が問いかけると、御堂はうなずいた。

「関与が疑われたのは、三週間前華族の屋敷《やしき》の部屋から発火し、家宝の屛風《びょうぶ》が燃えたときだ。その屛風は部隊で預かった物で、封じられていた小鬼達はくだんの隊員に、水を浴びせるといういたずらをする……いわば危害を加えたようだ。その現場には妖怪もいたらしい。この符合から隊員の行動と不審火を洗い出したら、彼が不満をこぼした人にまつわる場所だった」

「もしや、神社にも関連と……先ほどその隊員も俺を捕縛に来た連中の中にいたか」

銀市が声を潜めて確認すると、御堂の表情は硬く引き締まる。

「ああ。あなたの無実はいつでも証明できる。ただ、今くだんの隊員を捕まえたとしても、黒幕は野放しのまま根本的な解決にはならない。だから動かなかった」

その判断の正しさを理解できる銀市は、平静に受け止める。

「妥当だ。……俺が力を抑えられなくなれば、結局は奴の思惑通りになるしな」

「あなたの力の増大を抑える方法があるかい」

「ある。そのために、黒幕が持っているはずの絵の原本を確保しなければならない」

「絵の原本、か。なるほど。それを元に呪っているのが今の状態か。確保さえすれば、対処出来る？」

「……ああ、確保できれば、俺はなんとかなる」

ためらいに気づかれなかっただろうかと考えたが、気づかれたとしてもやるべきことはお互いに変わらない。

案の定御堂もまた、かすかに目をすがめただけでそこには触れず思案する。

「まああいつ、かなり性格が悪そうだから、この期を逃すわけがないよね。狙うとするなら、間違いなく……」

「祭りと、珠だな」

自ら口に出しておきながら、銀市は身の内がぞわりと荒ぶるのを感じる。

すぐ感情の手綱を取り戻し抑え込んだが、窓も開けていない室内で、資料の紙が風に舞い上がった。

御堂は驚いた顔で立ち上がり、飛んでいく資料を集め出す。

「今の銀市かい、大丈夫？」

「すまない。……火はあるか。マッチを切らしていてな」

銀市は煙草《たばこ》入れを取り出し、煙管《キセル》に刻《きざ》み煙草を詰めながら問いかける。本当はもう少し早く吸うべきだったが、火種がなかったために諦めていたのだ。

火種を切らすほど吸う回数が増えていることに気づいても、ため息は飲み込んだ。

御堂はポケットから取り出したマッチを擦って火を近づけてくる。銀市は煙管の雁首《がんくび》を寄せて火をもらった。

長く吸えるように時折吹き戻しをしながらも、口で転がさず、肺に煙を入れる。

鋭敏化した感覚がゆっくりと鈍っていくのを感じ、一息ついた。

火の気のない火鉢に灰を落とし、もう一度煙草を詰める。その姿を見ていた御堂が話しかけてくる。

「煙草で妖怪の気質を抑えているんだよね。量が増えているのかい」

「まあな、これでも一時しのぎにしかならん」

何度か吸って少し味わう余裕が出てきたが、これ以上は増やせないだろう。

少し考えていた御堂は、改まった様子で進言してきた。

「なあ、珠嬢を側に置くことは考えられないのかい？」

煙管を吸い直そうとした手を止め、銀市は無言で御堂を見る。

「以前、彼女はいるだけで妖怪達に力をもたらす、と話してくれたね。天元《てんげん》の件でよくわかった。もちろん十数年の中で彼が折り合いをつけてくれたのもあるだろう。けれど、彼が目覚めたときには、珠嬢がいたんだ。彼女が天元に意思を表せるだけの力をくれた。なら、あなたの側にいることで、制御できるだけの力を彼女がもたらせるのではないかな」

やはりそうだったかと、銀市は納得する。

銀市が見た十年前には、碁盤の精である天元は力を使った影響で、眠りについていた。それが短時間であれ目覚めたと聞いたとき、真っ先に思いついたのは珠の影響だった。

「三好邸《みよし》のときは珠嬢の声で、本性から人に戻れたのだろう？　もしものためと、珠嬢の安全も考えるのなら、あなたのそばに彼女を置いといたほうがいいんじゃないかな」

御堂の提案に、銀市は苦く笑った。

三好邸での一連のことは、詳細はともかく御堂も知っていた。

確かに銀市は三好邸で雨を降らせたとき、珠に自分の本当の名を教え、彼女という存在を自分に刻み、地上へ戻る楔《くさび》にした。そうでもしなければ、三日三晩雨を降らせた末にどこぞの野山にでも落ちただろう。

龍に戻っている間、銀市に記憶はない。直前にそうしようと思ったことがかろうじて意識の隅にある程度だ。

ただ龍に戻っている間でもときたま、縁の深い者の声だけは届くことがある。

三好邸で本性に戻るか迷っていたとき、ならばと考えたのだ。

捧《ささ》げられ、祈りを神に届けるものとして育てられた彼女なら、龍の己にも声を届かせられるかもしれない。と。

その予想は正しかった。あのときの自分は、珠を祈る者として認識し、声を聞いた。

「一緒に帰ろう」という声に応えて、元に戻れた。

龍の絵姿を通じて送り込まれる呪いの中でも、珠の声だけははっきりと聞こえる。

先ほどの火事で雨を降らせたときも、珠の呼びかけで我に返った。

たとえ己が龍に戻っても、彼女が呼びかけてくれれば、戻れるだろう。

それでも珠を側に置くのはだめなのだと、ゆっくりと、銀市は首を振ってみせる。

「彼女が持つ贄《にえ》としての性質に、今一番影響を受けているのは俺だ。短時間ならば抑えられても、そばに置き続けるには、俺自身が信用できない」

自分は良くも悪くも半端物。たとえ龍の性質に引きずられたとしても、手綱くらい引き戻せる、と。おごった結果がこれだった。

──あれが、彼女を自分の贄だと受け入れるものだったことから、目を背けたのだから。

心から祈り、信頼し、無心に慕ってくる様に、煽《あお》られたのはこちらのほうだ。

彼女は彼女自身のものだと理性が言う。

同時に自分の中に彼女は己のものだと囁《ささや》く龍が、確かにいる。

龍の珠玉のように自らの手に閉じ込めて、一切の恐ろしいものから遠ざけて、自分だけが愛《め》でられれば良い。と。

御堂は、まだ腑《ふ》に落ちないようだった。

「珠嬢を傷つけることを恐れるのは、わかるよ。本来なら、まだ守られていたって良い子供の年齢だ。こんな大人の思惑に巻き込むのは悪いとは思う。けどね、取り返しが付かなくなってからでは遅いよ」

ああ、そうだ。と銀市は思う。

取り返しが付かなくなってからでは遅い。このまま言葉を重ねても、御堂なら偶然を装って珠を銀市の元に送り込むくらいはしてのける。銀市の不調を漏らすことも厭《いと》わずだ。

納得させるだけの、根拠は、ある。

ほとんど話したことのない、自分の根幹にある記憶が銀市の脳裏に蘇《よみがえ》る。

安堵《あんど》する母、流れる血、涙をこぼす父だったもの。

自分が父から受け継いだ業を、思い知った記憶。

こみ上げてくる苦いものを飲み下し、強烈な忌避感をなんとかやり過ごす。

言わねば、守るべきものも守れない。

思い出せ、忘れるな。火事場で彼女に手を伸ばしたとき、自分がなにを考えていたか。

どれほど許されない思いを抱いたかを。

「銀市？」

案じるように問う御堂へ、なんとか視線を合わせた。

銀市は、自分がどういう顔をしているのかよくわからなかった。

「忘れたのか、御堂。龍は古くから贄を求めるものだ。龍に引きずられる俺に当てはまらないとどうして言える」

「いや、そうだけど、でも」

「根拠はある。なにせ、俺の父は母を――……」

銀市自身が、信用できない理由。確固とした根拠を語っていくにつれ、御堂の表情がはっきりとこわばる。

必死に出さないようにしても、隠しきれない怯《おび》えを浮かべる彼は、確かな恐怖を感じている。銀市はかえって安堵した。

彼の反応で、確信できた。己の秘するべきことという判断は間違っていない。生涯隠し通していくべきこの秘密は、ただの人が受け止めるには酷すぎる。

「珠嬢を、そばに置けないのは、つまり……」

こわばった声でそれ以上言葉を紡げずにいる御堂に、銀市はうなずいてみせる。

できれば、そばにいたい。自分の目の届く場所で、手の届く範囲で見守っていたい。

銀市を居場所としてくれた彼女を、ずっと。

だがしかし、一番害になるのが自分自身だったのならば、守るために、共にいてはならないこともあるのだ。

人として生きようとしても、銀市は結局人にはなれない。

ならば、己の本質を隠し通すぐらい、大した苦労ではない。

「ああ、そういうことだ。彼女だからこそ、取り返しが付かなくなるんだ」

「……………わかった」

長い逡巡《しゅんじゅん》の末、御堂は引き下がる。彼が膝の上で握った拳が震えているのを、銀市は気づかなかったふりをした。

「お前の友として、頼みたい。奴の対処は俺にさせてくれ。決着をつけるのは俺の役割だろう。それ以外は、お前の指示を仰ぎたい。どのような協力でも任せてほしい」

いずれにせよ、御堂の助けは必要だった。今まで御堂が守るべき存在であるという意識が抜けていなかったのだろう。

銀市は、独自に動く御堂を改めて頼れる人間と定義し、要請する。

御堂は眼鏡の奥でゆっくりと瞬くと、感情を覗《のぞ》かせない表情で問いかけた。

「さっき、聞きそびれたんだけど」

「なんだ」

「僕があなたを完全に陥れるつもりで、この話も全部部隊と共有しようとしているのだったら、どうするつもりだったんだい？」

銀市は面食らう。特に意識したことはなかったが、そもそも気になるのがそこなのか。

なんとなくおかしくなって、初めて口元が緩んだ。

「お前にになら裏切られても諦めがつくと思っただけだ。そう判断したのであれば、お前にとっての最大の利益につながるのだろう。なら、かまわんさ」

御堂はひゅっと喉を鳴らす。

わなわなと震えていたかと思うと、声を荒らげた。

「そういうところ！　ほんっとどうにかしたほうがいいと思うぞ！　あっちなみにそういうことは一切ないからな！」

「わかってるが、なぜ怒る」

「あなたには自分のことを一番大事にしてほしいのにそうしてくれないからだよ！　なのに怖がった僕を当たり前のように信頼してくれるし！　どうにもならない自分の感情に腹が立っているのもある！」

その矛盾した言いぐさに、銀市はかつての彼を思い出し、懐かしくなる。

「お前、碁盤の精の本性を見たあとも、似たような反応をしていたな。怖がって怯えたのはありありとわかるのに、俺に土下座して、碁盤の精の処分をしないよう嘆願して来た」

「なっそんな昔のことを……恥ずかしいじゃないか」

　言葉通り顔を赤らめる御堂に、くくと、喉の奥で笑った。

「いいや、それで俺はお前を見直したんだ。こいつは妖怪との距離を二度と間違えない。それに、怖がりながらも関わり続けることを選べるのはまれな気質だ」

　碁盤の精について、それまで、として関わりを絶つのは簡単だっただろう。

　だが御堂には、自分の求める関係のために、葛藤を抱えながらも食らいつく忍耐強さと、自制心があった。銀市は彼のそういうところを買っている。

「人間らしく人に非《あら》ざる者を怖がるお前だから、俺は安心して友と呼べるのさ」

　御堂は、顔を背ける。大きく呼吸をしたあと、再びこちらを見たときには、すでに覚悟を決めた顔をしていた。

「当たり前だろう。僕は特異事案対策部隊の指揮官だからね。怪異によって暴威を振るうものも、不当に扱われる妖怪の救出も、僕の仕事だ。仇《あだ》なすものは、等しく罰そう」

　まぶしさを感じながら銀市はその宣言を受け入れた。


　一通りの算段を話し合ったあと、御堂は言った。

「とりあえず今日はここに泊まっていってくれ。客室を用意させているから。おそらく明日か明後日《あさって》には証拠不十分で解放になるけど、それまでは我慢してほしい」

「順当だな、世話になる」

煙草《たばこ》を吸い直し、落ち着いた銀市は立ち上がる。

昼を逃していたため腹が空いていたが、さすがにもうかなり遅い時刻だ。一晩我慢するしかないか。

そんな風に考えながらも、ようやく最も気になっていた事柄を聞く余裕ができた。

「珠はどうした」

顔見知りが火事に遭遇し、知り合いが捕まったとあれば、かなりの心労となっているだろう。銀古でゆっくりと休んでくれれば良いが、と案じる。

資料を綺麗《きれい》にまとめて鞄《かばん》に戻していた御堂は、ようやく聞いたかという安堵に似た表情を浮かべ、次いでにんやりとからかうような笑みになる。

「うん善吉《ぜんきち》が銀古に送っていってくれた。けれど戻ってきているよ。部屋で待っているはずだ」

銀市は目を見開いた。

＊

客室に現れた銀市と御堂を、珠は心底安堵して出迎えた。

「銀市さんっ御堂様っ」

二人とも多少疲れた色はあるが、普段と変わらぬ様子だ。

銀市がひとまず客人として遇されると御堂から聞いていたが、実際に銀市の顔を見るまでは、安心できなかった。

立ち上がって駆け寄ると、銀市から紫煙の香りがして、本当に無事なのだと気が抜ける。

崩れ落ちそうになるのを銀市に手を貸された。

「大丈夫か」

「銀市さんこそ、大丈夫でしょうか？」

「俺は問題ない。ただ、君が本部にいると聞いて驚いたくらいだ。なぜ銀古にいなかった。こんな夜遅くまでずいぶん長かっただろうに……」

珠は銀市が怒っていないことはわかっていても、後ろめたさを感じながら答えた。

「どれほど拘束されるかわからないと、思いまして。ならお着替えなどが必要になるだろうとお持ちしたのです。少なくとも、今日はこちらにお泊まりになるのでしょう？」

だから、伊吹《いぶき》を病院へ見送ったあと、銀古で銀市の着替えや身の回りのものを整えて朧車《おぼろぐるま》に乗ってとんぼ返りしてきたのだ。

「本当は瑠璃子《るりこ》さんが付いてきてくれていたのですが、噂《うわさ》を聞きつけて銀古に来るだろう妖怪達を抑えに戻られて、私だけが残りました。隊員さん達も暴れる力のある瑠璃子さんではなく、人間の私なら残るのを、許せる、とおっしゃいました、し……」

目を丸くする銀市の凝視に堪えきれなくなった珠の声は尻すぼみになった。

本当は、珠がいても立ってもいられなかっただけだ。

銀市と御堂を信じて銀古で待つのが良かったのだろう。けれど珠は狂骨《きょうこつ》のときのことを思い出し、銀市が孤立するのではないかと、胸がつぶれそうなほどの不安に陥った。

待つのなら、一番早く状況がわかる場所にと思い、無理を押して本部に来たのだ。

瑠璃子も狂骨もそうしたほうが良いと言ったから、珠はこの客室で待っていた。

「ご迷惑、だったでしょうか」

自信がなくなった珠は、おずおずと見上げる。

銀市はじんわりと笑った。怒っていないと、明らかにわかる顔だ。

「いや、皆よく最善の形にしてくれた。あのような騒動があった上、君も居心地が悪い場所で待つのは心細かっただろうに、よく待ってくれたな。ありがとう」

顔を見て、いつもの声を聞いて、珠は熱いものがこみ上げてきた。こんなときでも労《いたわ》ってくれることに、珠は心が痛いほど昂揚《こうよう》して、泣き出したくなってくる。

嬉《うれ》しいと、喜ぶ気持ちを持てあましながら、珠は首を横に振った。

「い、いえ、私は全然……。瑠璃子さんは、すごかったんですよ、隊員さん達に一歩も引かずに啖呵《たんか》を切られて、『ただの人間の珠ならいいわね！』と」

「瑠璃子もあとでねぎらわねばな。君は、今ここではどのように扱われているんだ。俺が原因で板挟みになっていたりはしないか」

　案じてくれる銀市を安心させるために、珠は少し表情を緩めてみせる。

「大丈夫です。隊員の皆さんは私に同情的でこの屋敷《やしき》内で自由に動けます。なので、今日の夕食の準備もお手伝いしましたし、先ほどは夜の業務を普通にしておりました。ああ、でも妖怪さん達は私を見ると安心したようにされるのですが、人の隊員さんはすごく申し訳なさそうというか、困惑された雰囲気をなさるのが不思議でしたが……」

「そうか、あまり屋敷の空気がとげとげしくなかったのは、君のおかげか」

　銀市は腑《ふ》に落ちたようにうなずいているが、珠は戸惑うばかりだ。

　にやにや笑う御堂が話してくれた。

「銀古の店主を捕まえたんだ。もっと殺気立つか浮き足立っても良いのに、銀古で働く人間の、しかも女の子がどっしりと普段と変わらず働いているんだ。銀市の処遇がすぐに彼女を通じて銀古に伝わるという圧力を加えながらも、攻撃的になる余地を与えない。どころか本当にこの処置が正しかったのか、隊員達に無言で投げかけているからね。こんなに穏やかな均衡の取り方は、珠嬢にしかできないことだよ」

「ああ、その通りだな」

「え、あのその……私はなにも」

　褒められたのだろうか、珠はよくわからないながらも返事をして、肝心のことを聞いていないと思い至る。

「そうでした、こちらに泊まられるのでしたら……」

尋ねかけたとき、ぐう、とお腹《なか》が鳴る音が響いた。

珠が顔を上げると、銀市が決まり悪そうな顔で腹をさする。

「昼を食べ損ねていてな。間が悪い腹ですまん」

珠は、準備が無駄にならずにすみそうだと思いつつ、言った。

「いいえ、お気になさらず。むしろ良かったです。御堂様もお腹は空かれておりますか？　実は牛肉がありまして」

「「牛肉」」

銀市と御堂の声がそろった。なぜそのようなものがあるのか、という反応は当然だろう。

鶏肉《とりにく》、豚肉は手に入りやすいが、牛肉はかなりの高級品だ。

「こちらに出入りしている精肉屋さんが、安く譲ってくださった細切れなのです。ただ皆さんにお出しする料理には量が少なくて、どうしようかと思っていました」

精肉店の夫婦は、『化け物駐屯所』に勤める珠をたいそう心配していて、色々融通してくれるのだ。ただ、珠は牛肉を受け取ったときの彼らもまた、不審火に怯《おび》えていたことを思い出す。

『最近町で、鬼みたいな金色の髪の大男を見る奴が多いんだよ。追いかけていっても、真っ黒な雀《すずめ》みたいな鳥が見えたと思ったら目の前が真っ暗になって見失うんだそうだ。空を見るとちらちら火の粉が散っていたり、シャンシャンって妙な音が聞こえたりっていう奴もいたな。まさか不審火の化身なのかと不気味でしょうがなくて……』

金色の髪、と聞いて思い出すのは、アダムである。しかし彼は最近この本部に来ていないはずだ。きっと別のものだろうと思い直し珠は話を続けた。

「なので、牛鍋ができるよう準備しています。煮ればすぐに温かく食べられますから……。卵もありますよ」

「珠ちゃんは菩薩《ぼさつ》か天女かなにかかな？」

そうつぶやいた御堂の腹まで鳴る。珠は雄弁な二人の腹にくすりと笑い、厨房《ちゅうぼう》へ諸々《もろもろ》の準備を取りに行った。

御堂と貴妃《きひ》が手伝ってくれたおかげで、持ち運びは一回ですんだ。

火鉢に設置した五徳の上に鉄鍋を置く。下煮は厨房でしてきたから、くつくつと煮立てばもう食べ頃だ。

鍋の中には、さっと焼いたあとに割り下で煮た牛肉はもちろん、白菜やねぎ、春菊が醤油《しょうゆ》色にくったりと煮えている。少し分けてもらった椎茸《しいたけ》や焼き豆腐も沸騰するたびに揺れていた。しらたきも茶色に染まり出している。

ふんわりと室内に広がる甘辛い匂いに、食欲のなかった珠もごくりとつばを飲んだ。

さすがに不用意に外を出歩くわけにはいかないため、銀市は部屋で待つこととなり、手伝えないことを申し訳なさそうにしていた。

しかし、火鉢の上にある鍋を囲んで座り、自分の取り皿に卵を落とし始めると、銀市はなんとも言えない顔になる。

「外で見張っている連中には、なんだか悪い気分になるな」

「ちっとも悪いって顔をしてないよ。ちなみに僕は役得だと思ってる」

すでに卵を溶きほぐしていた御堂は、早速箸で肉を取り分けていた。

珠も、この部屋に戻る途中、銀市の部屋の扉を見るように立つ隊員とすれ違った。もしかしたら外にもいるのかもしれない。やはり銀市を疑っているのだ、と少し落ち込む。とはいえ、それが彼らの職務なのだ。

牛鍋からこぼれる醤油の匂いに、一瞬うらやましそうな目をしたのは見ていた。そして珠は、働いている者に対して食事を出さないというのは考えられない。

「あの、御堂様、お夜食としてお握りを握ってあるんです。皆さん今夜は夜遅くまで起きていらっしゃるとのことでしたので……お腹が空くかな、と。中身は牛しぐれ煮です。余分に作った割り下が置いてありますので、塗って火鉢に網を渡して焼けば、焼きお握りとして温かくいただけます。あとで部下の方に知らせてくださいませんか」

「伝えなくても問題なさそうだ。妖怪達は先に食べに行ったようだな」

壁の外を窺っていたらしい銀市がそう言った。

「元々、俺がこの部屋からいなくなれば、晴れて容疑者として処罰できるんだ。監視はある意味、必要がないとも言える」

「そういう、ものなのですか」

妖怪が走って行ったことすらわからなかった珠は、きょろきょろとあたりを見回す。

その間に、銀市は取り分けたねぎと牛肉を溶きほぐした卵にくぐらせ口に運ぶ。

咀嚼《そしゃく》していくうちに、銀市はなぜか神妙な顔になっていく。

牛肉と白菜を嚙《か》み締《し》めた御堂は、箸を持ったままの手を額に当てた。

まさか二人の口に合わなかったのだろうか、と狼狽《うろた》えた珠が問いかけようとした矢先、御堂が呻《うめ》いた。

「……酒が欲しい」

「言うな、さすがに勾留《こうりゅう》中はまずいだろう」

そう言う銀市もどこか残念そうだ。その分とでもいうように、茶碗《ちゃわん》の白飯を口に運ぶ傍ら、どんどん自分の皿に具材を取り分けていく。

「僕は違うけど？」

「仕事中だろう。……いや、待て御堂。珠、君も食事はまだだったのだろう。給仕などは考えなくて良いから食べなさい」

「は、はい。では、失礼しまして……」

銀市に促された珠は、鍋の具材に箸を伸ばす。

つまんだ春菊を卵に浸しぱくりと食べると、春菊独特の青い香りが鼻に抜けていく。

苦味は卵のまろやかさで抑えられて食べやすく、また牛肉のうまみが溶けた割り下の甘辛さが空《す》きっ腹《ぱら》に染みた。そうか、お腹が空いていたのかとようやく気がついた。

どんどん具を食べ進めている御堂が言う。

「ほらほら、うっかりしていると僕達がお肉を全部食べちゃうからね、先に好きなだけとってもいいよ」

「ありがとうございます」

そうしてしばし牛鍋を堪能《たんのう》していたが、珠はそっと銀市と御堂を窺った。

彼らが気安く語る姿は、銀古で時折食事するときに見る風景と同じで、全くいつも通りに思えた。

ただ、ほんの少し、御堂がいつもより大げさな言動なような気がして、珠は彼を見ていると、その視線がこちらを向いた。

「そうだ、銀市、珠嬢にはある程度話しておいても良いんじゃないか」

「消化に良い話でもないし食事のあとにでもと思ったんだが」

「私はいつでも大丈夫です！」

話してくれるのであれば、話してほしい。そういう意味も込めて見上げると、銀市は少したためらいがちだった。不審火事件を起こしていると疑われたのは、出回っている龍の絵姿が原因だという。

「一度帰宅したとき、八百屋の松《まつ》さんもおっしゃっていました。火除《ひよ》けの絵姿が流行《はや》っていると」

「銀古の周囲でも噂が流れ始めていたのか」

銀市が疲れの見えるため息をこぼす。

銀市が、絵を通じて自分の力を強めようとしていると疑われている状況なのは、すんなりと納得する。だからこそ珠は少し心配になった。

「銀市さんには、狂骨さんが噂で昔の姿に立ち戻られてしまったような影響はないのでしょうか」

珠が問いかけると、銀市と御堂は驚いたような顔になる。

「珠、なぜそう思った？」

「えっと、アダム先生のお話を思い出して……」

そう、口にすると、銀市が目を細める。雰囲気が変わった気がして面食らった。

なにか変なことを言っただろうか。と思っていると、白飯を食べていた御堂が話しかけてきた。

「そういえば、僕がお茶を持って行く前にもけっこう話をしていたみたいだよね。アダム教授が来たのはあれ一回きりだったと思うけど、そのときかな」

「はい。アダム先生はとても良くしてくださいました。私の質問にも丁寧に答えてくださって……ただ、そのときのお話が気になって」

「どんな話だった？」

質問をしているのは御堂だ。しかし珠は、鍋をつついている銀市も聞き耳を立てているような気がした。

奇妙ではあったが特にためらう理由もないため、珠はアダムとの会話を思い出す。

「私が妖怪に囲まれて生活していることを心配してくださったほかには、人の『そうである』『そうに違いない』という思い込みや考えは、人に非《あら》ざる者を変質させるだけの力がある、と。だから狂骨さんが変わってしまった理由が納得できたんです。今回の銀市さんに当てはまるのか、というのはともかく、そういう話をしていただきました」

銀市は、人と妖怪の間に生まれた半妖だ。厳密には違うのかもしれないとは思いつつも、気になった。

「それと、悪魔の子供を産んだ女性のお話をしてくださいました。女性は慈しんで子供を育てたのに、妬んだ人々が流したいわれのない噂《うわさ》で火あぶりになってしまう話でした。悲しくて、怖くて一人になったお子さんが可哀想《かわいそう》で……」

まるで本当にあった話のようだった、とまでは言えず、珠は口をつぐむ。それを話したときのアダムの表情が痛々しく思えたから、軽々しく口にするのをためらった。

「妖怪の逸話は残酷なものも多いから、ちょっときつかったかな。西洋の逸話なら僕も聞きたかったけれど、珠嬢には刺激が強かったね」

「い、いえ、アダム先生にも本当か創作かわからない古いお話だと念を押されたのに、私が感情移入をしてしまっただけなんです」

御堂がねぎらってくれるのに、珠は恐縮する。

なぜ、そこで銀市を見ようと思ったのか。

ふと視線を向けたとき、銀市は目を細めてこちらを見ていた。

けれど珠を通して誰かを思い出すようなまなざしだ。懐かしさが去来しているような、素直に喜べないとでもいうような複雑さを感じさせた。

しかし珠が見ていると気づいた銀市は、目をそらす。

「ふむ、もしかして珠嬢も彼が久米少尉と話しているところを見たかい？」

「あ、はい。降霊術とそう、ウィジャ盤についてなにかお話をされていたようでしたが」

「やっぱりか。はあ、本当に彼は余計なことを……」

ため息を吐く御堂を見ていると、珠の胸に彼とアダムが対峙《たいじ》したときに感じた違和が蘇《よみがえ》ってくる。

「あの、久米少尉は、御堂様がアダム先生に好意的だとおっしゃっていましたが、やっぱりアダム先生のことを警戒していらっしゃいますか？」

御堂は鍋から取りかけていた焼き豆腐をぽとりと落とした。

彼は思わぬことを指摘されたと言わんばかりの表情をしていて、傍らの銀市も少々驚いた顔をしている。

「久米のように感じてもらえるように振る舞っていたつもりだったんだが、珠嬢はわかったのかぁ……ほんと、君はいつだって僕の予想の上を行く」

しみじみとした口調で言外に肯定した御堂は、すぐに笑みを納めると珠へ少し身を乗り出してくる。

「君が彼に対して悪感情を持っていないのはわかる。けれどね、詳細は言えないけれど、僕が彼にそう感じていることを、ほかの誰にも言わないでおいてくれるかい」

声を潜めた御堂は、いつになく真剣さを帯びていた。とても重要なことらしいと察して戸惑い、珠は自然と銀市の指示を仰ぐために視線を向ける。

彼にも同意するように首肯され、珠はなにかわからないまでもうなずく。

「わかりました、銀市さんと御堂様に必要なのでしたら、話しません。あ、ただアダム先生のことで、聞きたいことがあるのですが」

「おや、なんだい？」

珠は精肉店の夫婦から聞いた話を御堂に伝えた。

「アダム先生は最近こちらにいらっしゃっていないはずなので、『金髪の大男』でも違う方だろうとは思うのです。ですが、もし不審火が妖怪さんの仕業と考えて調査をされているのでしたら、アダム先生があぶないかもしれないと思いまして……」

そこまで語った珠は、御堂と銀市が怖いほど真剣に沈黙しているのに気づく。

なにか、まずいことを言っただろうかと珠は不安になるが、御堂が笑った。

「ありがとう、珠嬢とても助かった」

「そう、ですか？」

「うん、町のひとを怖がらせないように注意できるからね……あちゃぁ、取り損ねた豆腐が崩れちゃってるな。ごめんよ」

張り詰めた空気を霧散させた御堂が、鍋の中で崩れた豆腐に申し訳なさそうにする。

珠は、少し気になったものの、目の前のことを優先した。

「でしたら、こちらのレンゲをお使いください。もう少し早く出せばよかったですね」

「いやいや助かるよ！　これで豆腐に逃げられずに済む！　って」

珠が一緒に持ってきていたレンゲを差し出すと、御堂は喜んで豆腐を掬《すく》おうとした。

が、そのレンゲの先で、銀市の箸が器用に豆腐をさらっていく。

豆腐を崩すことなく、自分の取り皿にまで持って行った銀市は、なにもいわなかったが、視線だけでふっと笑う。

それは珠でもわかる得意げな顔だ。御堂の目の色が変わり、使おうとしていたレンゲを鍋のふちに立てかけると、自分の箸を持ち直した。

「いやさっきはうっかりしただけだし、豆腐くらいつまめるよね」

「あ、あのでも……」

無理はしないほうが、と言いかけたが、御堂はすでに豆腐をつまむのに再挑戦し始めてしまっている。

「まあ、つまめなくとも死にやしない」

「ちょっと黙ってて……よ、よしほらちゃんととれたよ！」

「お、おめでとうございますっ」

おろおろしながらも珠が祝うと、御堂はさすがに気恥ずかしそうにする。

その様を見た銀市が、くつくつと喉の奥で笑っていた。

「よかったな御堂……くく」

「……そんな笑わなくて良いだろう。なんでかなあ珠嬢の前ではなかなかかっこいい僕で居られないや」

珠は自分は間が悪かったらしいと、羞恥に顔をうつむかせる。けれど、銀市と御堂が気兼ねなく語り合う中に交ざらせてもらえて、心地よく、楽しい。

まるで少年のように気安い応酬をする彼らは、銀古で見る光景と全く一緒だ。

良かった、と珠はつられて笑いながら、お肉をとった。

鍋の中身が空になる頃、箸を置いた御堂はため息を吐いた。腹が満たされた色もあるが、難しい顔をしている。

「とはいえ、だ。銀市の容疑を晴らせたとしても、銀古を支持する人に非ざる者と部隊の関係が悪化したら意味がない。そのために、一週間後にある御霊鎮《みたましず》めの祭りが重要になってくるんだけど……」

食後の茶の準備をしていた珠は少し体を緊張させて、耳をそばだてた。

「巫女《みこ》殿の様子はどうだ」

「先ほど彼女に付き添った部下から連絡があったけれど、悪い。幸いにも熱傷は軽いけれど、足が腫れている。折れるまではいっていないという医師の見立てだけど、一週間後に舞台に立ってもらうのは厳しいだろう」

珠も予感はしていたけれど、やはりという思いが体を支配する。

あれほど妖怪と人のために、祭りを成功させようとしていた伊吹は、どう思うだろう。

愁いを帯びた銀市の問いに、御堂は弱ったように頭に手をやった。

「明日にはもう、不審火で祭りの手伝いをしていた巫女が負傷したことは伝わるだろう。部隊は面目をつぶされる形になる。まあ、銀市を拘束したんだから、この先十年くらいは微妙な綱渡りが続くんだけど。これで十全に祭りを執り行えなければ、妖怪達への心証がさらに悪くなるな」

「それは諦めるしかないだろうな。神楽をなくしても、見られる形になれば……」

「その、こと、なのですが」

話に割り込むのも、勇気が必要だった。

二人に膝を向けて正座した珠の心臓は、どくどくと不自然に鼓動を打っている。

自ら言い出すことで得る反応と、様々な人々に与える影響に対する緊張と、恐怖と、不安が重圧となって降りかかってくる。

ぎゅう、と膝に置いた手を握り、珠は銀市と御堂の視線を受け止めて続けた。

「伊吹さんの代わりに、神楽を舞わせていただけませんか」

「珠？」

「なんだって」

一様に驚く二人の反応が、良い意味なのか、悪い意味なのか、推察できるほど珠に余裕はなかった。ただ、自分の考えを一気にはき出していく。

「私では、銀市さんと御堂様が懸念されていることをすべて把握できていないと思います。

でも、不審火事件の犯人を捕まえるだけでなく、祭りがうまくいかなければ、銀古と部隊の仲が悪くなったと皆さんに思われてしまうんですよね。それは避けたい、と」

「大事なところは、ちゃんと理解できているよ」

御堂に太鼓判を押された珠は、若干安堵《あんど》しつつ、続けた。

「でしたら、銀古の従業員である私が神楽を皆さんの前で舞えば、銀古と部隊の関係は以前のままだと示すことになりませんか」

怖いほどの沈黙が、室内を支配した。鍋の代わりに火鉢にかけていた鉄瓶がしゅんしゅんと湯気を立たせていたが、動くことができない。

驚愕《きょうがく》して珠を凝視していた御堂は、しかし険しい表情で絞り出すように問いかけた。

「なる、けど。でも君、舞えるのかい。否応《いやおう》なく部隊を背負《しょ》って立つことになる。生半可なものは見せられないよ」

そう、聞いてくるということは、御堂は本格的に検討しているのだ。

なかったことにしてほしい、と言いたくなる。肩にかかる重圧に、背筋が丸まりそうになったが、珠はぐっと、腹に力を込める。

「伊吹さんの練習風景は、いつも見ておりました。演目は多少違いますし、舞から離れて二年以上は経《た》っていますが、経験もあります」

「……村でか」

見守るだけだった銀市が、静かに確認してくるのに、珠はうなずいてみせた。

「はい、村での祭りのときには、必ず舞っておりました。一週間、休まず練習すれば、見られる形にできると思います。私に、させていただけませんか」

きちんと言い切りたいと思ったのに、語尾は弱々しく震えてしまう。それでも言うべきことは言い抜いた。

珠が沙汰を待っていると、御堂は頭を下げていた。

お国を守る軍人のしかも上級将校が、一般人に頭を下げるなどほとんどあり得ない。

狼狽《うろた》えかけた珠だったが、続けられた言葉にはっとする。

「ありがとう、珠嬢。君のおかげで光明が見えた。銀古と部隊、双方のために、ぜひよろしく頼む」

この人は、普段いくら朗らかに振る舞おうと、上に立つものであり、必要とあれば、どんなことでもする。

珠は御堂に、彼が頭を下げて感謝をするに足る提案ができたのだ。

「……はい」

だから珠は、決意を込めてはっきりと、うなずいてみせた。

その姿に、銀市はまぶしげに目を細めていた。

御堂は早速算段をつけてくると、そのまま出て行くかと思ったが、直前でポケットに手を入れる。

「銀市、手を出して」

箸を置いた銀市が片手を出すと、身震いした御堂は、その手に自分の手を重ねる。

しっかりと握って離れたあとに銀市の手に乗せられていたのはマッチだった。

御堂は、銀市を見据えたまま言う。

「これからも必要だろう。使って」

彼が銀市に渡したのは、紙箱のなんの変哲もないマッチだ。けれど珠には、その行為がとても特別な意味を持っているように感じられた。

なんとなく息を詰めて見つめていると、銀市は妙にしっかりと握られた手とマッチに順繰りに視線を向ける。

ふっと目を伏せ、口元を緩める。

「ありがたく使わせてもらおう」

銀市の返事を聞くと、御堂は心底安堵したように肩の力を抜く。

「じゃあ、僕は行くけど大丈夫だよね」

「ああ大丈夫だ。煙草《たばこ》も吸えるしな」

うなずいた御堂は、珠のほうも見る。

「珠嬢、片付けが終わったら早めに自分の部屋へ戻るんだよ」

珠へも念押しをした御堂は、そうして去って行った。

銀市と御堂はおひつの白飯まで、鍋に残っていた割り下で綺麗《きれい》に食べきってくれたため、気兼ねなく皿を重ねて持ち運べた。

皿を厨房《ちゅうぼう》で洗い終えた珠が銀市の部屋を再び訪れると、銀市は煙管《キセル》を吸っていたところだった。

煙を籠もらせないためだろう、窓は細く開けられていたが、薄荷のような清涼感の混じる香りが部屋に漂っている。

慣れた香りに珠は体の力が抜けほっとする。

「どうした、珠」

「あ、あのえっと、お部屋の説明をしていなかったと思いまして。お布団は押し入れの中に入っています。倉庫から厚手のものを出してきましたが、寒ければもう一枚準備します。炭はそちらの炭入れに用意してありますので、ご自由にお使いください。それからお風呂は残念ながら閉められてしまったので、体を拭くためにお湯と布だけお持ちしようと思うのですが……あの？」

珠が一つ一つ伝えねばならないことを語っていると、途中で銀市が噴き出した。

なにか面白いことでも言っただろうか、と自分の発言を顧みたが、特にないはずだ。

「いや、すまん。君は相変わらずできた女中だなあと思ったらついおかしくなってな。君がいるとものすごく快適で、勾留されているとは思えないほどだ」

「銀市さんの気が休まるのでしたらよかったです」

銀市の表情は穏やかだ。珠は少しはにかんで、火鉢に水を入れた鉄瓶を置いた。

室内は、しん、と静かになる。

さすがにこたつは持ち込めなかったが、火鉢には埋み火《うずび》が熱を発している。側にはたっぷり炭の入った炭入れを用意し、いつでも補充ができる。

足りなかったのか、銀市は煙管の灰を火鉢に捨てると、もう一度煙草を詰め始める。火鉢の埋み火から火を移し、流れるようにひと吸いした。

はき出される煙は、窓の外へと逃げて行く。

「珠、先ほど君が神楽を舞うと言ったことについて、聞きたいんだが」

問われた珠は、少しだけ不安になる。あの場は銀市に止められなかったが、勝手をした自覚はあった。自分の考えを話すのに必死だったとはいえ、あらかじめ銀市に相談したほうが良かったのは確かだ。

珠はしっかりと謝るつもりで、銀市の前に改まって正座すると、銀市はそれだけで珠がなにをしようとしたのかわかったらしい。目だけで苦笑した。

「いいや、怒ろうと言うわけじゃないさ。君の提案は銀古にとっても部隊にとってもこれ以上ないほど有益な提案だった。しかし、だ。君は大丈夫なのか」

「大丈夫、とはどういうことでしょう？」

「舞は、君が贄《にえ》だった時代の産物だろう？　あの頃を思い出して、苦しくはならないか」

低い声は明らかに案じるもので、珠はちりと瞬いた。

片手に煙管を持ったまま銀市は目を伏せる。

「助かる、のはまず間違いない。君が祭りの当日舞いきってくれたのなら、銀古と部隊双方が救われる。御堂はなんとしてでも君に神楽を舞ってもらう方向で進めるだろうが……。俺は、君に無理をさせたくはないんだ」

やはり、部隊の隊員達にされた心配とは違うな、と珠は感じた。

銀市は、珠自身を真剣に考えて案じてくれている。

珠は銀市が気遣い、労《いたわ》り、案じてくれるたびに、心が澄んだ甘露で満たされるような気持ちになる。

優しく包み込まれて、大切にされているのだとわかって、じんと胸が苦しくなるほど嬉《うれ》しくなる。

会えない日が長くとも、銀市はずっと気にかけてくれているのだ。

自分は幸せだと、はっきりと思って、珠は笑みをこぼす。

とはいえ、銀市の懸念にはきちんと答えておかなければと、口を開いた。

「実は、言い出したときに、村でのことは頭の隅にも思い浮かばなかったんです」

「そう、なのか」

意外そうに、しかし若干安堵をにじませる銀市に、珠は喜びを嚙《か》み締める。

彼はこうして、鈍い珠の心をすくい取って、立ち止まって考える機会を与えてくれる。

解《ほど》いて、確かめて。その過程で、様々な人たちの考えや想《おも》いを知って自分と照らし合わせ、自分に編み込んでいく。

貴姫、瑠璃子、御堂、狂骨に銀古の人々を始め、冴子《さえこ》や染《そめ》のような立場の違う友人達と過ごし、珠は驚くほど変えてもらった。

一番、変えてくれたのは、銀市だ。

珠はきっと、銀市を通して、何度も自分を作り直しているのだろう。

以前の自分がどんなことを感じて、どのように考えていたのか、もうおぼろげにしか覚えていない。

それも当然だ。あの頃の珠は、なにも考えていなかった。贄の時代は祈る器として、女中として働くようになってからは、求める者達の願いを叶《かな》えるために存在していた。

変わっていく自分が少しだけ寂しくて、切なくて、けれど大事に想う人々によって変わった自分が好ましい。

珠は口元を緩めて、片膝を立てて座る銀市に向き直った。

「確かに、贄の子に課される舞の練習は厳しいものだったと思います。一つ間違えると、それができるようになるまでやり直しをさせられました。間違えないように必死に祈りながら練習していたのを、覚えています」

伊吹の稽古を見ていると、あれが普通ではなかったのは、はっきりと理解できる。改善すべき動きの指示もなく、手本を見せられて、「贄の子ならば踊れるはずだ」と強いられ、できなければ叱責された。

「本番では緊張のせいか、舞っている間の記憶がないくらいです。当時苦しかったのも怖かったのも本当でしょう」

珠の認識では、舞は祭事当日に舞台に上がり、音が始まったと思ったら、いつの間にか、終わっている。

意識が戻ると息が上がっていて、体が泥濘《ぬかるみ》に沈んだようにどっと疲れているものだった。記憶はなくとも、禰宜《ねぎ》達はなにも言わなかったから、務めは果たせていたのだろう。

そこまで話したところで、痛ましげに目を細める銀市に気づく。そのような顔をさせるつもりはなかったのだが、なかなか自分の過去を苦しくならないよう伝えるのは難しい。

だとしても、珠は話を続けた。

「けれど、そうして培った経験が、今回、初めて役に立てられるかもしれないと考えたら……悪くないと思ったのです」

銀古に来て、普通を知って。自分が過ごした幼少期は、世間とは全く違うもの……そして、あまり良いものではなかったのだと知った。けれど、そのときもこうして役に立つのなら、空っぽの幼少期も報われるのではないかと思った。

本当に舞台へ立てる仕上がりになるかは、未知数だ。不安で胸が苦しくなってしまうけれど。脳裏に浮かぶのは、常にまっすぐ仕事と向き合う伊吹の姿だ。

「それに、伊吹さんが様々なことを考えながら、妖怪も人も平穏に暮らせるよう祭りを成功させたいと、たくさん練習をしていました。それは、銀古の方針と重なります」

人と妖怪が共に暮らしていけるように力を貸す。

銭湯の店主松本《まつもと》とあかなめが共に居るために知恵を絞ってくれたように。

珠と貴姫を優しくつなげてくれたように。

冴子と重太《しげた》を見守ってくれるように。

悲劇で終わろうとした狂骨を救いあげてくれたように。

御霊鎮めの祭りは、そんなこれから生まれるかもしれない縁を、守るきっかけになるかもしれない。

珠は温かな想いの宿る胸に手を当てた。

「私も、銀古の従業員ですから。守る助けになりたいのです」

うまくいくかはわからないけれど。珠は、誰かに頼まれたからではなく、望まれたからでもなく、自分の意思で彼らの助けになりたいと思った。

以前と同じ行動でも、珠の心は大きく違うのだ。

少しだけ自分を誇らしく感じて顔を緩め、珠は銀市を見返す。

珠の想いを静かに聞いていた銀市は、まぶしげに目を細めた。

「君は、一人で考え意志を持てるようになったのだな」

囁《ささや》くように銀市はつぶやき、目を伏せる。

煙管から立ち上っていた煙は消えた。空いた隙間から静かに夜風が吹き込んで、珠に煙草の残り香を運んでくる。

珠は銀市の横顔に釘付《くぎづ》けになった。安堵《あんど》すら感じさせる穏やかな表情だ。にもかかわらず、なにか寂しさを見た気がしたのだ。

「銀市さん……？」

呼びかけると、銀市は温かな微笑を浮かべる。

「きっと、君なら大丈夫だ。あいつらのために頼んだ」

銀市の、全幅の信頼と呼ぶべき言葉だった。頑張ろうと、奮起できるはずだった。

にもかかわらず、珠はなぜか、急速に銀市との距離が遠のいた気がしたのだ。

優しい微笑のはずなのに、どこか寂しそうで、諦めた、ようにも、思えて。

珠の胸の内に形容のしがたい違和が広がる。このままではいけないのではと焦りと不安でいっぱいになった。

「あ、あのっ」

とっさに声を出した珠に、驚く銀市はいつも通りに感じられる。

しかし違和はまだ胸にある。

なにか話さなければ、そう思った珠は衝動的に続けた。

「祭りが終わったら、すぐに年越しですね！　年末年始の準備をしなければなりません。大掃除も必要ですし、正月飾りの買い出しと……そうです、年末のおそばも頼まねばなりませんよね。近所の方に良いおそば屋さんを聞かねばなりません。元日のためにおせち料理も用意します。銀市さんは、卵がお好きですから、錦卵や伊達《だて》巻きを多めに用意しますね。……そうでした。お雑煮のおつゆの味とお餅の形は、なにになじまれていますか？」

珠が聞くと、銀市は戸惑いを納めて答えてくれた。

「そう、だな。醤油《しょうゆ》で、角餅だったか」

なぜか無性に安堵して、珠は続ける。

「では、そのようにいたします。お餅も、餅菓子屋さんへ買いに行きますね。早めに行かないと売り切ってしまわれるかもしれないので、気をつけなくてはいけませんが。あ、そもそも年末年始の業務態勢を知りませんでした。まだまだ、教えていただかなくてはいけないことがたくさんあります。えっと、ええとだから……」

ほかにもあるはずだと、珠は必死に頭を働かせる。実際今挙げた事柄はすべて教えてもらわねばならないことだ。珠が銀古で働くためにはどれも必要で、銀市にしか頼めない。

でも、そうだ。一番言いたいのは――……

「年末も年明けも、よろしくお願いいたしますね」

どうしてそのように言ったのかは、珠にもわからなかった。できるのならば、銀市の袖を摑《つか》んで、引き留めたいような不安に支配されていた。

自分でもどのような顔をしているかわからないまま珠が見返していると、銀市はゆっくりと瞬いたあと、うなずいてくれた。

「ああ、君は料理上手だからな。年末も年明けも、楽しみにしている」

約束、してくれた。

ほっと息を吐いた珠だったが。

それでも、そう言った銀市の顔が、寂しそうに見えたままだった。

第四章　舞乙女と定めの黄昏

翌日、銀市《ぎんいち》は本部をあとにすることになった。

銀市が従ったからこそ任意同行だったが、証拠が不十分なこと。そして銀市を慕う妖怪達を刺激しすぎないようにするため、解放するしかないのだという。

午後には、銀古《ぎんこ》から川獺《かわうそ》の翁《おきな》と瑠璃子《るりこ》が迎えに来た。

川獺の翁はいつも通りの態度なのはわかるが、感情を隠さない瑠璃子まで、淡々と非友好的な軍人達と対峙《たいじ》していた。

昨日瑠璃子の激昂《げきこう》した姿を見ていた珠《たま》は驚いたが、すぐに二人が全く笑っていないことに気づく。

なにより、肌がひりつくような気魄《きはく》で軍人達を威圧しているのだ。

軍人の何人かが若干怯《ひる》んだほどだ。

共に見送りへ出ていた珠は、たった二人で軍人達を圧倒する川獺の翁と瑠璃子を呆然《ぼうぜん》とみるしかない。

銀市は、迎えに来た二人を見るなり、少し苦笑した。

「迎えに来んでも帰れたが……」

「そういうわけにはいかんさ。けじめは必要だ。ヌシ様を、妖者《あやかしもの》の頭だと思っておる奴らは多い。ヌシ様をかようにつまらないことで煩わせるのだ。そちらが不要とするのであれば、協力しないでも良いと考える輩《やから》は少なからずいるぞ。妖怪は、人と関わらんでも生きていけるからな」

川獺の翁が銀市の背後を流し見ると、軍人達が険しい表情で川獺の翁を睨《にら》む。

「川獺、あまり煽《あお》るな」

銀市が仕方なさそうな顔で川獺の翁をたしなめると、彼はほっほと笑う。

「ヌシ様や、甘やかすだけでは悪手だ。ヌシ様の立場を忘れさせてはならん。……ではの、御堂《みどう》少佐殿。頭が世話になった」

川獺の翁が声をかけたのは、御堂だった。淡々とした声音にはなんの感情も乗っておらず、だからこそ冷え切ったものを感じさせた。

御堂もまた淡々と黙礼をする。

去って行く段になり、今まで黙っていた瑠璃子が珠を振り向いた。

「ほら、あんたも行くわよ」

「いいえ、私は残ります」

予想していた珠が落ち着いて答えると、瑠璃子も先に聞いていたはずの軍人達まで驚いていた。

「自分が言ってることわかってんの!? こいつら銀市さんを捕まえようとしてんのよ！」

「はい、でも、祭りの準備はまだ終わっておりません。祭りで舞うはずだった巫女《みこ》様が怪我《けが》をされたので、彼女の代わりに私が舞うことになったのです」

「でも、そんな敵地のような場所で、あんたたった一人で……！」

瑠璃子が焦《じ》れたように珠の肩を握るが、ふっと現れたのは小さな貴姫《きひめ》だ。

『一人ではないぞ。妾《わらわ》がおる。珠がそうしたいと願ったのじゃ。妾は応援する。いざとなればこの身にかけて珠を守ろうぞ』

「それに軍人さん達は、私のことを気遣ってくださって優しいですから、私一人なら大丈夫です。なにより、今回の件がえん罪だとわかったあと、私がこちらにいるほうが、多くの方に有益になります」

実際、軍人達は珠を遠巻きにしても、威圧したり罵詈《ばり》雑言を吐いたり、嫌がらせのようなことはしない。

だから珠はいつも通り仕事ができる。珠は瑠璃子を安心させるために微笑《ほほえ》んでみせた。

「人と、妖怪が共に過ごせるように。私は銀古の一員として、こちらでお役目を全ういたします」

瑠璃子は珠を凝視していたが、ぎゅっと眉を寄せて唇を引き結んだ。もどかしい想《おも》いを飲み込んだように珠は思えた。

機嫌を損ねてしまっただろうか、怒っているのだろうか、と珠が悄然《しょうぜん》としかけたとたん、ぐっと顔を上げ、軍人達をねめつける。

「あんた達よりよっぽど若い珠が、こう言ってんのよ。祭りはしっかり成功させて、きちんと落とし前つけなさいよね！　そんな決まりの悪い顔をするくらいなら、妖怪から人間を守る軍人らしく、珠をまともに扱うのよ！」

瑠璃子の剣幕に、軍人達は言い返すことはなかったが、珠は心なしか雰囲気が引き締まったような気がした。

それは間違いなかったらしく、御堂がかすかに目を細める。

「ほんと、瑠璃子さんには、敵《かな》わないよなあ」

きっと、珠しか聞こえなかった独り言だ。

銀市は、朧車《おぼろぐるま》に乗る前に御堂と向き合った。

「今回はこのようなことになって残念だ。しかし、大きく取り沙汰するつもりはない。予定通り、祭りには参加させてもらう。……まあ、銀古に直接関わらん妖怪達がどう行動するかは、わからんが」

珠はその物言いが少しわざとらしく思えた。そう、まるで集まる軍人だけでなくこの屋《や》敷《しき》にいる妖怪達にも聞かせるようだ。疑っている人間からすると、銀市がふてぶてしく開き直っているように見えるだろう。

事実、久米《くめ》はふらり火の傍らで、今にも殴りかからんばかりに顔を赤くしている。

そういえば、伊吹《いぶき》と久米が口論していたときも、ふらり火がいた。

珠が気をとられているうちに、御堂が硬質な表情で銀市に応じていた。

「ああ、最悪の場合は混乱と対立する覚悟があって、僕達もあなたを引っ張ったからね」

昨日の夜の気安げな態度は一切なく、よそよそしささえ感じさせる。

昨晩の二人を知らなければ、珠はきっと彼らが仲違《なかたが》いをしていると思っただろう。

それでも不安になって、珠が見つめていると、銀市は珠を向くとうなずいてみせた。

「はげみなさい」

「……はい」

不安は、ある。昨夜の銀市の様子も気にかかっている。しかし珠もまた、重要なお役目を背負ったのだ。

そうして銀市は、一部の軍人の非友好的な視線などないように、悠々とした態度で朧車に乗って去って行った。

珠が、伊吹の運び込まれた病院から戻り能舞台に行くと、待っていた隊員達が一様に驚いた顔になる。

それも当然だろう、珠は白い小袖に緋色《ひいろ》の袴《はかま》姿に着替えており、昨日火事に巻き込まれ怪我を負ったはずの伊吹を伴っていたからだ。

伊吹の着物の袖から見える腕や顔は痛々しくガーゼや包帯が巻かれ、特に足はギプスで固定されている。

熱傷自体は軽く痕《あと》は残らないだろうという見立てらしいが、足は動かせないそうだ。本来ならばまだ入院しているべき怪我だったが、伊吹は珠から話を聞いてすぐ、無理矢理退院してきたのだ。

今も松葉杖《まつばづえ》を突き、珠に肩を借りながら歩いているが、その瞳は力を失っていない。

隊員達と向かい合った伊吹は、口を開く。

「皆様は、すでに聞いているでしょうが、私は昨日不審火に遭遇し、このようになりました。逃げ損ねて足をやってしまったことは、最大の失態です。申し訳ありません」

謝罪から入った伊吹に、軍人達は動揺する。

しかし、伊吹は軍人達の動揺などかまわず、凜《りん》と顔を上げて続けた。

「代わりに、珠さんに舞ってもらいます。御堂少佐にも許可をいただきました」

珠が緋袴姿の理由がわかったのだろう。驚き珠を凝視する軍人達に、伊吹は続ける。

「私は、あなた方の内でなにが起こっているかを存じません。ですが、思惑はどうであれ、この祭りは人に非《あら》ざる者を正しく奉じ感謝を表すものだと信じております。その一心でここまで準備してきました。これから一週間で、珠さんを舞台に上げても恥ずかしくない段階にまで引き上げます。協力をお願いできませんか」

「よろしくお願いいたします」

頭を下げる伊吹の横で、珠も頭を下げる。彼らの協力が得られなければ、珠は舞台に立つことすらできないのだ。

ゴトリ、と音がした。

反射的に顔を上げると、一人の軍人がどこからか背もたれ付きの椅子を置いていた。

「沢田《さわだ》さん、立っているのはきついでしょう。座ってください。あとで看護の心得のある者にも声をかけておきます」

戸惑う伊吹に対し、もう一人が厳《いか》めしい表情で語った。

「本来ならば、自分どもがあなた方に願わねばならないところですよ。あなたと同じくらい、私達にも祭りを無事にやり抜きたい思いがある」

ずっと彼らの奮闘を見ていた珠は知っている。硬質な伊吹の態度に困惑していても、彼女の祭りに全力で打ち込む真摯な姿勢は認めてくれていることを。

伊吹は彼らの反応に戸惑っていたが、きゅっと唇を引き締めると、用意された椅子にゆっくりと座った。

実際、立っているのはつらかったのだろう。ほっと息を吐いた伊吹は二週間以上苦楽を共にした面々を見上げ、再び頭を下げた。

「ありがとうございます。なんとかしていきましょう」

そして、顔を上げたときには、厳しく表情を引き締めている。

伊吹の視線にまっすぐ射貫《いぬ》かれた珠は、背筋を伸ばした。

「基礎からさらっていく余裕はありません。あなたが今まで見ていた分で、どこまで振りを覚えているか確認します。その後簡略化する部分を決めていきましょう」

「えっあの、簡略化して良いのですか」

てっきり完璧に舞えるようになるまで、練習するものだと思っていた。

珠が驚いて確認すると、松葉杖を椅子に立てかけていた伊吹はさっぱりと答えた。

「舞も神事も祈り、感謝をする気持ちを届けるために形作られた手順はあります。が、敬い祈る気持ちがあれば、形式は極論なんでも良いと思っています」

「祈る気持ち」

珠はその単語を繰り返す。以前はなじみがあり、けれど最後まで他人事《ひとごと》だった文言だ。

伊吹は珠が怯んだと思ったのだろう、少しだけ表情を和らげた。

「今回の祭りは祭りに来た人に非ざる者を御霊《みたま》振り……要は、楽しませ、良い気持ちで帰っていただくことを目的としています。気分転換をして、これからも平穏でいてもらうために、舞うの。それならわかるかしら」

確かに、わかる。珠は平穏に無事にこの祭りが終わり、今まで通り銀古と特異事案対策部隊が共に歩めることを願っている。

珠がこくりとうなずくと、伊吹は厳しく表情を引き締め直した。

「では珠さん、採り物を構えて……始めます」

準備されていた神楽鈴を持った珠は、舞台の中央に立つ。

その日から、珠の猛特訓が始まった。


伊吹は珠と共に本部に泊まり込んで特訓に付き合ってくれた。

「移動がない分だけ楽だわ。お医者様までつきっきりで見てくれますし」

と、うそぶいていたが、かなり無理をしているのは誰にだってわかっていた。

それでも、彼女の熱意に周囲も感化され妖怪も人の隊員も一体となって取り組み、祭りの準備は順調に進んだ。

「舞の見学をしていたとはいえ、珠さんが振りをしっかり覚えていたとは思ってもみなかったわ」

休憩中に、伊吹が感心したように話すのを、珠はどう受け止めて良いかわからず曖昧な表情になった。

「以前教えられたときには、振りは見た手本で覚えるように言われていました。そうしないと怒られたので、習慣になっていたのもあります。今回は精進潔斎《しょうじんけっさい》のための断食や水垢離《みずごり》をせずに、舞にだけ集中できますから、少し楽です」

小さく息を詰めた伊吹は、すぐに真顔で言い放つ。

「神社によってお勤めの仕方は違っても、あなたの置かれていた環境は絶対に普通ではないのよ。本来ならこんなに根を詰めさせることもあり得ないの」

「はい」

珠もまた、素直にうなずいた。

伊吹には驚かせない程度に、珠の過去についてかいつまんで話していた。自分が舞の経験があると示すために必要だったからだが、神に奉職する巫女としての立場から差異と違和を教えてくれる。それは珠にとって思わぬ収穫だった。

珠は冬でも噴き出す汗を手ぬぐいで拭きながらも気楽に続けた。

「でも今は、お稽古に慣れていてよかったと思います。かなり舞から離れていたせいで、体力が続かずに申し訳なくはありますが……」

「あなたはこの土壇場で得るには、これ以上ないほど良い人材よ。まだまだ甘いところはあるけれど、人に見せられるものにはなっているわ。弛《たゆ》まぬ努力をできるあなたなら大丈夫よ。むしろ夜明けから自主的に練習していて、体を壊さないかのほうが心配よ」

伊吹にじっとりとねめつけられて、珠は気づかれていた決まり悪さに手ぬぐいを握る。

「でもだってもありません。夜しっかり休むことも特訓のうちです」

釘《くぎ》を刺されてしまった珠は渋々うなずいた。

ふう、と息を吐いた伊吹は、慌ただしい準備を進める隊員や妖怪達が走って行くのを見送った。

「それにしても、最近久米少尉を見ないわね。外廻《まわ》りでもしているのかしら」

「確かに、ふらり火さんも見かけません」

珠もまた忙しさで気にする余裕がなかったが、指摘されて思い至る。不審火事件の話は聞かなくなった。銀市が事情聴取されたことで、浮き足立った妖怪達の小競り合いが多発していて、対応に追われているようだ。

そのため、最近はさらに軍人達の出入りが激しい。だから珠も彼らの動向を把握しているわけではない。

ただ、ふらり火までいないのはなぜだろうかと珠は不思議に感じた。御堂に聞いてみるにも司令官として彼は忙しすぎた。

しかし伊吹は肩をすくめた。

「まあ、良いわ。私達は祭りを成功させるだけよ」

思考に囚《とら》われかけた珠はすぐに思い直した。

銀市には銀市の、御堂には御堂の役割がある。

そして、今回は珠にも……いいや、珠にしかできないことがある。

あと三日。練習に費やせる時間は、そう多くない。

「……そうですね。もう一度、ご教授をお願いいたします。私は、皆さんのために、私ができる限りのことをしたいのです」

伊吹はまぶしげに目を細めてうなずいてくれた。

＊

御霊鎮《みたましず》めの祭り当日。

珠は神楽を舞うために前日から部屋を別にされ、ほかの鳴り物を担当する隊員達と共に精進潔斎をしていた。

それでも、控えの間で出番を待っていた珠は、外の周囲のざわめきでそれを知った。

表をこっそりと覗《のぞ》くと、能舞台の前にもうけられた客席には多くの招待客がいた。

夕暮れ前の日中だから、彼らの姿ははっきりとよく見える。

招待客のことを考えるのであれば夜に開催でもおかしくなかったが、あえての日がまだ出ている時刻なのは、人と妖怪双方のための祭りだからと教えられた。

紋付きの羽織《はおり》に袴や、スーツに頭頂部の丸い山高帽という格式張った礼装を身にまとった人間達の中に、異質なものが交じっている。

珠が銀市と共に挨拶に行った天狗《てんぐ》の総領の一団。どこか面立ちが細く、夜の気配が漂う華やかな着物で着飾った女達は、吉原《よしわら》で出会った狐《きつね》だろう。

そのほかにも珠が知らない、大きかったり小さかったり、形がいびつだったり、角が生えていたり腕が多かったりする妖怪達がいた。

そして、一様に案内役の隊員に先導されてきた一団を目で追っている。

大入道、がしゃどくろ、器物の精など今までの集団とは違い統一性がない。

だが、彼らは背に大きな紋が染め抜かれた羽織をまとっていた。

羽織を身につけられないものも、何かしらその紋が付けられた物を身につけている。

珠は、その集団の中に、今までになく美しくドレスアップし、紋が染め付けられたショールを巻き付ける瑠璃子と、絢爛《じゅんらん》な花魁《おいらん》装束の打ち掛けに大胆に紋があしらわれた着物をまとった狂骨《きょうこつ》を見つける。

彼らの先頭に立つのは、銀市だった。

羽二重のごく淡い灰色の長着に仙台平《せんだいひら》の縞袴《しまばかま》を穿《は》き、黒地羽織を重ねている。

羽織の背には彼らと同じ紋が染め抜かれているのがよく見えた。

いつもより丁寧にまとめられた銀色の髪が、淡く日差しに煌《きら》めいている。

そう、銀市は妖怪としての姿を隠していなかったのだ。妖怪を従え、銀の髪もあらわにしている彼は、ただ歩いているだけなのに場を支配する存在感がある。

驚きながらも珠は、その紋をどこかで見たことがある気がした。記憶をたどっていると、隣で一緒に見ていた伊吹が感嘆のため息をこぼす。

「……あの紋を、今ここで持ち出すなんて、どこまでもすごいわね」

「伊吹さんはあの紋の意味をご存じなのですか」

「あれは、当時銀龍《ぎんりゅう》の傘下に入っていた妖怪の証《あか》しとしてつけられていた紋よ。あれを元に特異事案対策部隊の部隊章が作られているの。つまり、まだ自分達はこの部隊の協力者である、と無言で表しているのよ。弱腰と取られる可能性もあるのに、生半可な覚悟でできることではないわ」

その話を聞いた珠は、改めて会場を眺めると、人間達は若干安堵《あんど》を、妖怪達の間には戸惑いがさざ波のように広がっていっていた。

ただ人間のほうは、疑惑のまなざしを向ける者も多い。

人間、妖怪双方の好奇の視線をものともせず、銀市は率いていた妖怪達と分かれると、悠然と客席の通路を歩き、指定された席に座った。

彼に様々な負の感情の籠もった視線が突き刺さるのが、珠ですらわかった。

「さすが長年人と妖怪の長として立つ人ね。これほど妖怪と人双方に力を持つ者はこれ以降現れないでしょう」

伊吹がつぶやくのを聞きながら、銀市を見る。

思ったより元気そうでほっとした。

けれど、少し空気が変わったといっても、まだまだ銀市は針のむしろだ。

いいや、その空気を変えるために、珠はこの一週間準備をしてきたのである。

珠は最後に懐から、貴姫の櫛《くし》を取り出し、伊吹に差し出した。

『珠や？』

驚いた貴姫が出てくるのに、珠は言う。

「これから皆さんのために舞うので、舞台には、一人で立ったほうが良いと思うのです。伊吹さんと見守っていていただけませんか」

貴姫はとても心配そうに顔をゆがめたが、渋々といった様子でうなずいた。

『うむ、わかった。すまぬが場所を借りるぞ』

「ええ、私で申し訳ありませんが、どうぞ」

伊吹が丁寧に櫛を受け取ってくれたところで、係の者に呼ばれる。

最後に、伊吹が言った。

「緊張しないで、とは言わないわ。けれど今までしてきた通りにすれば大丈夫よ」

「はい」

珠はうなずいて、舞台へ歩いて行く。

客席のざわめきが静まった頃。

この日のために用意された白い足袋で、珠は白木の舞台を静々と進む。

どくん、どくんと、心臓がいやに鳴るのがわかる。踏み出そうとする足が重く、ぐらぐらと体が揺れているような気さえする。

ああ、怖いのだ。と珠は気づいた。

贄《にえ》の子時代、舞は練習のときから常に重圧と緊張の中で行われていた。舞台に立つ前は、間違えたらあとでしかられることを恐れて、震えをこらえるのに必死だった。

やはり、貴姫にそばにいてもらったほうが良かったのではないか。

心細さに気が遠くなり、ぎゅっと目をつぶりかけた。

ざわりと観客席からざわめきが聞こえる。

ふと、視線だけでそちらを見ると、主に珠の顔を知る面々が動揺したように密《ひそ》やかに言葉を交わしていた。おそらく、巫女《みこ》ではなく珠が……つまり銀古の関係者が舞台に立っていることに驚いたのだろう。

銀市と御堂のもくろみ通りにだ。だが、珠がうまく舞えなければ水の泡だ。

徐々に指先の震えが収まっていくのを感じながら、中央に置かれた三方《さんぼう》の前に座した。今の珠は白い小袖に、目の覚めるような緋色《ひいろ》の袴《はかま》。千早と呼ばれる薄い衣の羽織を重ねていた。髪は水引で一つにまとめられ、背に流れている。動くたびに、頭に飾った花簪《はなかんざし》のびらが視界の端で揺れた。

村で身につけていた衣装とは少々違うが、雰囲気は共通していてしっくりなじんだ。

怖さは、まだある。間違えたらどうしようとも感じている。

けれど珠の心はすう、と凪《な》いでいった。

自分が、なぜこの場に立つのかを思い出したからだ。

贄の子時代は、禰宜《ねぎ》に、「空となり、祈る器となれ」とことあるごとに言い聞かせられた。考える余裕などなかったから、その通り言われるがまま体を動かしていただけだ。

けれど、今日は違う。

珠はここで、なぜ舞うかを知っている。珠がそうありたいと願ったからだ。

この祭りは、人と妖怪が末永く平穏であるためのものだ。

不安を感じている妖怪達の慰めに。彼らが彼らとして幸福で居られるように。そして人々が彼らを恐れすぎないように。

……銀市が、少しでも安らかであるように。

笛の幽玄な音が響く。拍子を取る太鼓の音が体を震わせる中、珠はそれが当たり前のことであるように、三方に添えられた神楽鈴を手に取った。

柄から伸びる五色の布を袖で包むように持ち、流れるように立ち上がる。この一週間体に染みつかせた振りが、意識することもなく手足を動かした。

招待客達は、急遽《きゅうきょ》舞手が交替し、銀古に新しく入った従業員の少女が神楽を舞うという話は聞いていた。

神に捧《ささ》げられる舞は、振りとしては単純なもの。ならば、形式として舞ったという事実が必要なのだろうと、そのために形として舞うのだと多くの者が考えていた。

しかし、その考えは少女が一歩舞い始めたとたん吹き飛ぶ。

白木の舞台で舞う珠の、あどけなささえ残る面立ちが、一音始まったとたんこの世ならざるものの凄《すご》みを帯びる。

清廉な白い衣と千早も、華やかな花簪も、緋《ひ》の袴も、彼女の引き立て役に過ぎない。

重みなどないかのように、足は軽やかに舞台を滑り、視線を引きつける。

嫋《たお》やかな指先で持たれた五色の布が虚空を舞う様に目を奪われ、軽やかに響く鈴の音が、幽玄で清冽《せいれつ》な別世界に招待客を誘《いざな》う。

朝露を含んだ花のような笑みは、清らかな乙女をも、妖艶な美女の艶をも感じさせ、我知らず頬を染める者がいた。

風の一吹き、空気の一音が彼女のためにあった。

にもかかわらず、その場にいるものは、全員彼女の祈りを感じていたのだ。

安らかに、慰めと、幸福を。優しく等しく降り注ぐ慈しみの中に浸る。

招待客の中にあったはずのわだかまりすら、一時忘れてしまうほどに、彼女の祈りは清純で、穏やかに包み込んでいく。

天女、と、誰がつぶやいたか。神が降りてきているとしてもおかしくはない。

そう感じさせるだけのものが、彼女の姿にあった。


しゃん、と鈴が鳴る。袖を翻し、歩を進め、手に持つ五色の布がひらめくたびに、珠の中から様々な物が消え研ぎ澄まされていく。

意識があるのが妙に新鮮で、珠という輪郭が溶けていくような気さえした。

けれど、体は軽やかに動く。

きっとこれが、村で求められた在り方だったのだろう。

あの社を離れて初めてそうあれたことがおかしくて、少しだけ笑った。

祈ろう。自分という器を透明にして、澄みきった先に、届けるのだ。


――……・……

ふわふわとほどけていくような感覚の中、なにかが聞こえた。

……ッ――・……ぃ

自然と耳を澄ませる。

誰かが、泣いている。けれどなぜ？
幸せにと、願うためにここにいるのに。
その声を追って、顔を上げる。

晴れた空には、ふわりとけぶるような青が広がっている。
けれど、ここからでは、とても空が小さい。
瞳に青が映ったとき、泣き声が鮮明になった。

――……かえりたい

身が引き裂かれるような郷愁に器が満たされる。

あ、と気づく。そうだわたしのかえる場所。かえりたかったところ。
このまま舞い上がって、あの青に溶け込んでその先へ戻りたい。
いかなくては。今まではどうしてもできなかったけれど。

……いまなら、かえれるのでは、ないだろうか。

しゃん、と鈴が鳴る。
手から五色の布が滑り落ちる。指先を青へと伸ばし、地を蹴ろうと力を込めて――……
銀色が、目に入った。

『珠貴《たまき》』

珠は我に返った。不思議と声で呼ばれたわけではないと理解していた。
けれど、名を呼ぶ声音に、強く揺さぶられるような激しい感情があふれていた。
間違いなく、銀市だ。なにがあったのか。
だが今は、舞の最中だ。
珠はいつの間にか手から落ちていた五色の布を、次の振りで持ち直した。

舞台の中央にある三方へと神楽鈴を戻し、膝をそろえて正座をし、深々と頭を下げる。

全身に汗が噴き出し、息が上がりきっていて苦しいことに気がついた。

楽器の音も終わり、しんと静まり返った観客席がどっと沸いた。

顔を上げた珠は、観客達の興奮した姿を目にする。

興奮する妖怪も人間も同じように拍手をしている。やんやと歓声すら上げていた。

うまくできたのだと、珠にすらわかる。

よかった、と感じる前に珠は観客を見渡す。

あの銀髪の姿は、どこにもなかった。

＊

観客席の興奮の渦から抜け出した銀市は、一人足早に屋敷《やしき》の奥へと進んで行った。

幸いにもあの場にいた者は珠の舞に目を奪われていたから、誰にも見とがめられずに抜け出せた。

予想以上に力が集まりすぎた上に、彼女の姿に中《あ》てられていた。

体がよろめくのは、急速にあふれ出そうとする荒ぶる力と同時に、沸き上がる強烈な衝動を堪えているためだ。

真冬だというのに、脂汗がにじむ。

抑え込むのも限界が近いのが自分でもわかる。

足早にたどり着いたのは、最奥にある特別房だ。一度はここに入れられかけたため、場所は覚えていた。

荒ぶる妖怪を隔離する特別房だ。ありとあらゆる方法で呪術的な結界が張られており、一度入って扉を閉めれば、中では一切の力が使えなくなる。

外観は石と漆喰《しっくい》でできた厚い壁の倉で、物理的にも容易には抜け出せない。今の銀市にはぴったりだ。

なぜか鍵がかかっていないその重い扉を開き、銀市は倒れ込むように入る。

なにもしなかった扉は、ゆっくりと閉まった。

内部は殺風景で、隅に小さくまとめられた布団と簡素な文机《ふづくえ》程度だ。高い天井の上部には明かり取りらしい鉄の格子が塡《は》まった天窓があり、赤々とした夕焼けが四角く床を照らしている。

炎のようだ。と感じる間もなく、銀市は床に倒れ込んだ。

封じの一つだった髪紐《かみひも》がぶつりと切れる。

とたん全身に激痛が走った。

「ぐ……ッ」

銀市は喉の奥でうめき声を押し殺す。固く握りしめた拳の手の甲にまで、見る間に鱗《うろこ》が広がっていった。

身のうちで龍としての力が荒ぶるのを、必死で抑え込む。

徒労だとはわかっていても、ひどく喉が渇くことから、なんとか気をそらそうとした。

水が欲しいわけではない。

あのとき、折れてしまいそうな腕を取り、逃げられないように引き寄せて、柔らかい肌に歯を立てた。乏しかったはずの表情がほのかに赤らみ、堪えるように目をつぶった姿に愉悦を覚えた。

なら、今ならどのような反応をするだろう。さらに深く穿《うが》てばどうなる？　口腔《こうこう》に感じた彼女の一部は甘く――……

毒々しい夕焼けの赤が、再び床を侵食した。

「銀市、いいざまですね」

脂汗を滴らせながら、銀市はそちらを見た。

閉めたはずの扉を開けて、男がいた。夕焼けの赤にぎらぎらと金の髪が反射している。

長身に三《み》つ揃《ぞろ》えのスーツをまとった異国の男だ。彫り深い端整な顔立ちはいっそ優しさすら感じさせるが、紫の瞳は冷徹な色に染まっていた。

すでに暗闇に目が慣れていた銀市は目を細めたが、見間違えようがない。

余裕がない中で、いやないからこそ、普段なら抑え込む感情を鮮明に感じた。

怒りに似た悲しみと寂しさと憎しみと、喪失感、罪悪感。様々な感情が絡み合う。

激昂《げきこう》するかと思ったが、残るのは意外にも悲しみと懐かしさだった。

銀市は荒く息を吐き、わずかに身を起こして、呼びかける。

「メフィスト。俺にそう名乗ったのは、偽名だったんだな」

「長く生きると名前なんて些末《さまつ》なことでしょう。あなたが同じ名前を使い続けているほうが驚きですよ」

金髪の男は、肩をすくめてみせた。皮肉げな物言いはあの頃のままで懐かしい。

数十年の年月が過ぎてもなお、かつてと変わらぬやりとりだ。

それでも彼がなにをしたかを、銀市は忘れていない。

この悪魔と人の間に生まれた男は、幕末に西洋からふらりと現れた。当時は異国人に風当たりが強かったにも拘《かか》わらずするりとなじみ、一時期行動を共にした。

しかし、妖怪と人が共存するために奔走する銀市を、彼は理解しようとしなかった。

銀市に協力する傍ら、協力を申し出てきた人間の拝み屋達を陥れていた。

気づいた銀市達が追い詰めると、彼は酷薄に笑った。

『人間ほど醜悪なものはありません。どれだけ貢献しようと異質な物は利用するだけ。利用したあとは、必ず裏切るのですから。ならば先に排除したほうがずっと平和ですよ』

実際、協力してきた拝み屋達は、銀市達を排除する計画を立てていた。だとしても、見せしめのように無残に殺す必要はなかったはずだった。

結局、生き残った拝み屋の仲間達は逆上して報復に現れ、男は彼らを排除するために江《え》戸《ど》の町ごと葬り去ろうとした。

あわや火の海になるところを、銀市が龍に戻り消し止めた。

事態が収束したあとには、彼は姿を消していた。

『人間は、どうあがいても私達のような化け物を受け入れませんよ』

彼の言葉が、今でも耳にこびりついている。

だが、わかっているのは、もう自分達の道は分かたれたことだ。

男は、片眉を上げて銀市をまじまじと見る。

「驚かないということは、私だとは気づいていたのですね」

「まあな。まさか堂々と素の姿でいるとは思わなかったが」

彼はその答えには答えず、扉を細く開けたまま、中へ入り込んでくる。

すべて閉め切らないのは、一度閉ざせば、彼もまた閉じ込められるからだろう。この部屋は、脅威となる力を持つ存在を拒むのだ。それは彼も同様だ。

かつては、銀市と拮抗《きっこう》した実力を誇っていたのだから。だからこそ、当時はとどめを刺せず、取り逃がしたほどだ。

本性で全力を出したとしても、おそらく相打ちになるかというものだ。

そもそも銀市は龍に戻れば制御が利かず、周囲に甚大な被害を及ぼす。

理性があるうちに決着がつけられなければ、銀市の敗北だ。

男は問いには答えず、銀市がなんとかその場に座り込む姿を悠々と見下ろした。

「まだ意地汚く甘ったるい幻想にしがみついているようでしたので、壊して差し上げにきました」

にっこりと微笑《ほほえ》む彼の姿は、西洋の宗教画に出てくる天使と呼ばれる姿に近いのだろう。

「お前が、俺に呪詛《じゅそ》をかけた犯人だな」

銀市の問いに、男は心外そうにする。

「おや、呪詛だなんて聞こえが悪いですね。お前もわかっているでしょうに。今集まっているのは、すべてお前に助けと救いを求める者の声……信仰というやつですよ。前は人のために生きると言っていたのに、その方法が中途半端でしたから、少し手伝いました」

皮肉にも、彼の声は鮮明に聞こえた。

指摘されたとたん、ぐわりと耳鳴りがひどくなり、銀市は耳を押さえた。

視界が酩酊《めいてい》したようにゆがむ中で、男は微笑みながら持っていた細長いもの……掛け軸を広げる。

現れたのは、銀市もよく知る銀の龍が生き生きと躍動する肉筆画……己の本性の絵だった。本当に燃え残っていたという安堵《あんど》と、それを持つのが彼だということに、怒りともいらだちともつかない感情を得る。

「俺は、人と、して……生きると言っている」

「化け物になるのは望んでいない、と？　ははっだからあなたは甘いんですよ」

微笑にあざけりと哀れみを浮かべる男は、一つ一つ銀市に穿つように語った。

「今を見てみなさい。事情を知る人間達ですら、感謝するどころか、力をつけたお前を恐れて退けようとしている。お前がどれだけ心を砕いたところで、疑惑を投げかければ簡単に崩れます」

座り込んだまま動けないでいる銀市の前に、男は膝をついてのぞき込む。

耳の痛い話だ。と銀市は今も徐々に増えていく鱗を自覚しながら思った。

今感じるのは、己の守ってきた物を壊される憤りと、なぜ、という疑問とやるせなさ、深い悲しみ。そして……彼の言葉に、同意する自分だ。

無言で睨《にら》みあげる銀市に、男は目を細めた。

「あなたも、本当は気づいているのでしょう？　結局私達は化け物なんです。半端な私達が人として生きても、受け入れる人間などいない」

銀市は、体中を這《は》いずりまわるような悪寒を堪えるために深呼吸をする。

「……お前の、言い分はよくわかった。ただ、まだわからんことがある。今俺を龍に戻してどうする？」

男はそれに慈愛に似た笑みをこぼした。

「今も昔も私なりの親切ですよ。私も長く生きてきましたが、私と同じ人と化け物との間に生まれた者に出会ったのはあなたが初めてです。けれど、人よりは化け物のほうがまだましなのに、あなたは子供のようにしがみついている。だから大義名分を与えて差し上げようと思ったのです。化け物になったのは、私のせいだ。というね」

銀市は衝動に突き動かされるまま、男に手を振り抜いた。

しかし予期していた男が寸前に立ち上がったせいで、ちりと頭をかすめるだけだった。

「ふふ、本調子ではないようですね。以前ならよけることなんてできなかった」

「前も、今も、どれほどのものが傷ついたと思っている……っ！」

ぐっと固く拳を握ってもなお、荒れ狂う感情が言葉になった。

男の慈愛の笑みが、にいっと愉悦に変わる。

「ところで、あなたなら知っているでしょうが、最近、龍神の絵には新たな噂《うわさ》が付け足されているんですよ。『これだけの火除《ひよ》けの御利益があるのだから、きっと名のある龍神に違いない』……そう、たとえば生贄《いけにえ》を求めるような。とね」

必死に抑え込む荒ぶるものが、どくりと鎌首をもたげた。

――この間の火も退けてくれた。龍神様は、昔はなんだろうな。

──きっと、大きな川の主だったんだよ。

──……昔は洪水のたびに、娘を丸呑《まるの》みしていたかもしれないな。

頭に響く様々な人間の声が、銀市の抱える衝動と結びつきかける。

生贄を欲する龍神。なら、自分が真っ先に求めるのは──……。

胸元を押さえながらも顔色が変わった銀市を見下ろし、男は続ける。

「もうすぐ、このあたりを不審火が襲います。今日来ている面々の中に、あれほど肥大した火を消し止められる者はいないでしょう」

「俺が、消せばいいと？」

「簡単でしょう？　ただ、今のお前が雨を降らせたら、完全に龍の本性に引きずられるでしょうね。ああもちろん、消さずともかまいません。大量の人間が死ぬだけです。それに、人ではあり得ない衝動に呑《の》まれかけているあなたは、あの子を襲うでしょうしね」

「あの子」と示唆され脳裏に蘇《よみがえ》る彼女から、銀市は必死で意識を背ける。

男はすべてわかっていると言わんばかりに、愉悦の笑みをこぼした。

「私を見逃したことを後悔したでしょう？　その懐にある合口《あいくち》で私を殺してみますか」

一点の曇りもなく語る男に、銀市は懐を強く握りしめながら、熱く煮えくりかえりそうな憤りをやり過ごす。

この男の来歴を、銀市は少なからず知っていた。火あぶりにされた生母の復讐《ふくしゅう》のために、陥れた者達を殺した。以来、自分を受け入れなかった人間に憎悪を抱いている。

幕末に拝み屋連中を過剰に陥れたのは、それが理由だったのだろう。

人に関わろうとする銀市を嫌悪したのも、当然だ。

だったらなぜ、銀市にこうまで執着するのか。銀市を執拗《しつよう》に煽《あお》るような方法をとり続けたのか。

彼の一言で、ようやくわかった気がした。

「お前は、俺に殺されたかったのか」

つぶやいても男の表情は微笑のままだ。かつて自分と共にいたときも、本心を悟らせるようなことはしなかった。

そもそも、共にいた時間は短かった。男は他の妖怪達と交流していても、完全に心を許す様子はなかったように思う。

銀市も同じだ。この男のことが最後までわからず、男もまた、銀市に歩み寄ろうともしなかった。

その清算を今しよう。銀市は懐に手を入れ、目的のものを取り出した。

てっきり武器が出てくるだろうと考え身構えていた男が、戸惑いを浮かべる。

銀市が取り出したのは、写真だった。

かつて、自分と男が他愛ないやりとりをしていた頃の記憶が詰まった古写真である。

しかし以前は銀市と男が写っていた写真からは銀市を分かつように切られ、裏面にはびっしりと呪文が書き込まれている。

その中心には、男の名前があった。

「〝アダム＝メフィストフェレス・フリードマン〟。汝《なんじ》の悪性悪霊をここに封じ、けして許すまじ」

変化は劇的だった。銀市の手にある依《よ》り代《しろ》が熱と光を持つなり、古写真に刻まれた呪文が鎖のように列を成して虚空を飛ぶ。

そして、驚愕《きょうがく》するアダムを襲った。

「なぜ……っぐ!?」

動揺するアダムが振り払おうとしても、黒い文字の鎖はその体を縛り上げ、体中を覆い尽くす。するとアダムの体から、濁った影が立ち上った。

四つ足の獣に似た姿をしたその影を、文字列の鎖は雁字《がんじ》搦《がら》めに拘束して戻ってくる。

呪文の鎖は、捕らえた獣を物ともせず古写真へ引きずりこみ、ぽちゃん、と表面に波紋を残し消えていった。

アダムは呪文の鎖から解放されると、力が抜けたように頽《くずお》れた。

銀市はその機を逃さず全身で彼に体当たりをする。

アダムは押さえ込もうとする銀市を振り払ったが、掛け軸は取り落とした。

床に転がった掛け軸を確保した銀市は、ふっと口元を緩めた。

熱を持つ古写真の依り代に、狙い通り封じが成功したと理解したからだ。

距離を取ったアダムは、先ほどまであった余裕をなくして銀市を睨む。

彼の瞳は、薄茶色ではなく、元来の紫色に戻っていた。

「私の名をどうやって……そもそも私になにをしたのですか」

「この依り代に、『悪魔』としてのお前を封じた。こういう使い方を、したくないものだったがな」

銀市が二つ分かたれた写真を見せつけると、アダムの表情が変わる。

絵姿や人形など本人の依り代となる物を準備し、術と正確な真名と記すことで、封じる器とする。

銀市がかつて掛け軸に施した呪法を、アダムの写った古写真に施したのだ。

依り代を手にした上で相手を呼ぶことで、対象を依り代に封じることができる。

本人が写った写真なら代用可能という灯佳《とうか》の助言に従い、銀市は沢田神社の当代神主に写真を譲ってもらった。

呪具となった写真を懐にしまった銀市は、取り戻した掛け軸を確認する。

躍動感あふれる龍の絵は、確かに自分のよく知る鳥山石燕《とりやませきえん》の絵だった。強烈な懐かしさに支配されかけるのを振り払い、丁寧に脇に置く。

「正確な名前がわからなければ、術をかけるのも難しかったが……俺の元部下は優秀でな。英国から独国《ドイツ》にまで調べさせに行ったんだ」

名前は、存在そのものを表す。碁盤の精が「天元《てんげん》」と固有の名を呼ばれることで、自我を得やすくなったように。そして、龍に戻った銀市を珠が名を呼ぶことで人に戻せたように、相手に対して多大な影響を与えられるのだ。

呪法を行うときに不安だったのが、アダムの本当の名前を知らないことだった。

それを知らせてくれたのは御堂だ。

「あの男、先に処分しておくべきだったか」

膝を突いたまま忌ま忌ましげに吐くアダムに、銀市はふっと笑う。

「一部とはいえお前を封じるとなると、力負けする可能性があったのが一番の懸念だった。が、それもお前が俺に集めた力が味方したな。龍神のなり損ないと、半分悪魔だったら、俺のほうが強かったようだ」

銀市は、未《いま》だに外へ出ようと熱を発する古写真を懐に感じながらも続けた。

「不審火の実行犯だったふらり火も、お前がウィジャ盤を教えてそそのかした久米《くめ》少尉も拘束、監視済みだ」

「おや、わかっていたのですか」

退路を断つために突きつけると、アダムは青白い顔で意外そうに眉を上げた。

「たとえ言葉を持たない妖怪でも、意思を通じ合わせれば、自我は芽生える。だが生まれたての妖怪は赤子も同然だ。言葉は通じても人の世の善も悪も理解していない。だからふらり火は慕う久米がこぼした不満を消すために、元凶を燃やしに行った」

だが、久米は妖怪も人間と同じように判断し行動できると思い込んでいた上、アダムを信じきっていた。

その思い込みを打ち砕くためには、ふらり火がどのように不審火を引き起こしていたかを実際に見せなければならなかった。

だから銀市は、本部から出る際にあえて敵対するともとれる言動をし、その場にいた久米と、その不満を聞くだろうふらり火を煽ったのだ。

すでに充分な力をつけていたふらり火は、銀市がいる銀古に現れた。

そしてふらり火が銀古へ火をつける現場を、御堂が密《ひそ》かに連れ出した久米に目撃をさせて拘束したのだ。

まだ失った力に慣れないのだろう、立ち上がれずにいるアダムはそれでも薄く笑った。

「彼もまあ、優しい人間でしたね。己に懐いた妖怪を頭から信じて、彼らが全く異なる道理で動いていることなど気づこうともしなかった。甘ったるくてかわいらしい」

「助長させたのはお前だろうが」

「お前を追い詰めるのにちょうど良かったでしょう？　おかしかったですね。義憤に駆られて捕まえた犯人が間違いで、本当の実行犯は自分が最も信頼しかわいがっていた妖怪だったんですから」

アダムは、久米が拘束されたと聞いても動揺すら見せず煽ってくる。

アダムはこちらの冷静さを欠かせようとしている。銀市は、努めて平静になるよう理性の手綱を取り直す。

「そもそも、不審火の真相は闇に葬るつもりですね。そしてお前は噂の影響を受け続けたまますべての汚名を被《かぶ》る……お前のお人好《ひとよ》しには吐き気がする」

「言いたいことはそれだけか」

銀市はアダムを否定はしない。その通りだったからだ。

久米は部隊を免職されることはなく、監視下に置かれる。

ふらり火が得た力は一時的なものだ。交流がなくなれば、またふらふらとする火に戻っていく。それで、すべてが丸く収まる。

アダムは嫌悪をあらわにした。

「はっ、使いつぶされることすらお前の献身ですか？　私から力を削《そ》いだとしても、人の噂は止まらない。今必死に抑えている荒ぶる力は増幅するばかりでしょう。お前はもう認めるしかないんですよ」

「人の、噂か」

そのせいで翻弄される妖怪をいくつも見てきた。己もまた、翻弄される者の一人だ。

だからこそ対処もわかる。

銀市は、荒く息を吐きながらも、合口を取り出した。

「流行神、なぞ、忘れられていくのが世の常だ。……煽る者がいなければな」

鞘《さや》を落とせば、抜き身の刀身が鈍く夕陽《ゆうひ》を反射する。赤々と血に濡《ぬ》れたように見える刀身を前に、アダムが一瞬驚いたように目を見開く。だが、すぐに笑みに変わった。

「今処分したところで、お前自身で積み上げてきたものを自ら壊していくのは変わりません。それに、脇が甘すぎると言っています」

アダムが言い放ったとたん、銀市は鋭敏になった感覚に悲鳴を拾った。

――火がもうそこまで来てる！　家が燃えてしまうッ……！

――おかあさん、おかぁさんっ……！

――龍神様、助けてください！

――どうか雨をッ！

あまたの助けを求める声が脳に直接叩《たた》きこまれ、銀市はよろめく。

その様に、アダムは微笑《ほほえ》んだ。

「誰が、炎の妖怪が一体だと言いました？　あなたの様子だと、近くの町で火事が起きているのでしょうね。すでにこの本部にも火がついているかもしれません。珠さんは大丈夫でしょうか」

銀市の脳裏に、火事の現場で泣きそうな顔で恐れていた珠がよぎる。

「メフィスト……ッ！」

にじみ出る怒りのまま、銀市は名を呼ぶ。

ぶわりと、感情の波に呼応して力があふれ出そうとするのを抑え込んだ。

思い出せ、大丈夫だ。御堂は珠の証言を元に、町中へ隊員を配置している。大きな被害はなく消し止められる。はずだ。

自分に言い聞かせて落ち着こうとしても、割れるような頭痛は治まらない。もはや声として認識できないほど反響する祈りの悲鳴が、思考を侵食しうずくまりかける。

アダムがすかさず掛け軸に手を伸ばすが、ゆがむ視界でそれを捉えた銀市は、彼に体当たりを食らわせた。

そのまま馬乗りになり、抜き身の合口を構える。

痛みに呻《うめ》くアダムの、紫の瞳と視線が絡んだ。

ぼたりと自分から汗が滴る。荒い息がうるさい。

全身を支配しようとする衝動を、もう次は抑えられる気がしない。

アダムが本気なのは今回の事件で思い知った。しかもすでに彼は銀市の急所を把握している。

その弱い部分にたどり着かれる前に、終わらせなければ、ならない。

銀市の胸中を読んだように、アダムの声が耳鳴りに紛れて届いた。

「そう、そうです。私を早く処分しないと、珠さんを失いますよ」

焦燥の波が大きく襲い掛かる。

早く行かねばならない。彼女が窮地に陥っているのなら、自分が助けなければならない。

彼女が意志を持ち自ら歩めるまで。

――それは、できるようになっていた。ならばもう自分の手は必要ないのだろうか。

だめだ、手放すことなどありえない。彼女は自分のものだ。

――いや違う、傷つかないよう守りたいだけだ。

本当にそうか？

――彼女がいなくなるかもしれない今、これほど動揺しているのに。

失うと考えるだけで、目の前が赤く染まる。衝動に塗りつぶされる。

己の目の届かないところで失うのならいっそ――……

思考が千々に乱れたまま、銀市は構えた合口を振りかぶる。

「銀市さん？」

彼女の声が、聞こえた。

＊

珠は着替える間も惜しんで、屋敷《やしき》内を銀市の姿を捜して歩いていた。

貴姫や伊吹に賞賛された記憶はある。しかし珠は話もそこそこに切り上げて、静かな廊下を渡り人気のない部屋を通り抜けていく。

舞ったあとの昂揚《こうよう》が続いているのか、頭がふわふわとして夢の中にいるようだった。

だが、舞台の上から見えた銀市の表情が鮮明に残っている。珠にはそれがどんな感情か表現するのが難しい。

切望と、懇願と……とても普段の銀市から考えられない不安定な想《おも》いだったような、気がする。胸をぎゅっと摑《つか》まれるような苦しさが今も収まらない。

早く銀市の元に行かなければならないという焦燥のまま、足を進めた。

まるで熱を出したときのような酩酊《めいてい》感があったが、不思議と、銀市がいるのはこちらで合っているという確信があった。

いつもならためらうが、足袋のまま庭へ出て茂みの間をかき分ける。その先には、白い漆喰《しっくい》の塗り壁をした大きな倉のような建物があった。

そこが近づいてはいけないと言われていた特別房だと意識する前に、珠は音を拾った。

誰かの話し声だ。相手の声もどこかで聞いたことがあるが、もう一人はすぐにわかる。

見れば、重そうな扉がかすかに開いている。

あの扉を開けるのは、きっと珠では苦労しただろう。開いていることにほっとして、扉からそっと覗《のぞ》いた。

「銀市さん……？」

そう中に呼びかけたとたん、鈍い打撃音と共に激しくもみ合う音が響いた。

不安が増したが室内は暗く、すぐに誰がいるかは把握できなかった。

誰かが奥に転がり、誰かが珠に叫んだ。

「珠さんっ、来てはいけません！」

焦りと切迫した声色に、珠は目が覚めて五感が戻って来たように感じられた。

赤々とした夕陽に照らされて、煌《きら》めいたのは金色だ。

銀市のほかに聞き覚えのある声が聞こえたと思ったが、今思い出した。

すぐに暗がりから現れたのは、金髪の男性である。

「アダム先生？　え、ですがなんで……!?」

しかし、「来てはいけない」とはどういう意味だろうか？

問いかける前に、珠は突風に襲われる。アダムが壁に吹き飛ばされ、叩きつけられるのが視界の端に映った。

とても立っていられずうずくまりかけた珠は、強く腕を引かれる。

うなり声がどこかから聞こえる。

とん、と受け止められたとき、香ったのは薄荷に似た清涼感のある煙草《たばこ》の香りだった。

銀市だ。ほっとした珠は彼を見上げて、ひゅっと息を呑《の》む。

確かに銀市だった。けれど、髪紐《かみひも》はほどけて銀の髪がばらばらと落ちている。

その髪が張り付く首筋にも頬にも、螺鈿《らでん》のような光沢を持つ銀の鱗《うろこ》が浮いていた。

本性をあらわにしているのかと考えたとたん、異変に気づく。

握られた腕が痛い。珠が反射的に振り払おうとしてもびくともせず、逃がすまいとでもいうように強固だった。

顔に感情の色はなく、彼の端麗な容貌が際立っている。

まるで、人ではないかのように。

浅い呼吸は、自分のもの。

あ、と、気づく。うなり声は、彼の喉から聞こえるのだ。

金色の瞳は瞳孔が縦に裂け、爛々《らんらん》と珠を映している。黄金から餓《う》えと、欲と、渇望が注がれる。

珠はその色を知っている。

理不尽で矮小《わいしょう》な珠を蹂躙《じゅうりん》する暴威……――食欲、だ。

頭が真っ白になる。なぜを考えるより先に理解する。

これは、自分を食べるものだ。

そして、とても餓えている。

「ッ……」

逃れようと腕を引く。けれど取られた手首は強固で、珠は尻餅をついた。

彼に乗り上げられ、追い詰められる。空いた片手で相手の体を突っぱねてもびくともしない。銀の髪が珠の頬にかかる。

金の瞳に囚《とら》われたまま、珠は硬直する。

これは、誰だろう？

この世のものとは思えないほど美しい顔が、近づいてくる。

心臓が警告を発するように鳴り響くのを感じても動けない。

金の奥に、また別の色がある気がして、珠はのぞき込もうとし。

ずぶり、と奇妙な音がした。

金が隠れる。彼が瞬《まばた》いたのだ、と気づいたのは再び金の瞳が現れてからだ。

瞳には理知の色が戻っていたが、珠はまだ食欲の火が消えていないのも見つけた。

「ッぐぅ………」

「ぎんいち、さん？」

彼であるはずの者を呼んだ声が、か細く震えているのに、珠は自分で驚いた。

銀市は、応えるように言葉を紡いだ。

「俺、は。今、君を、贄《にえ》として認識している。俺のもの、だと。契ったときは、耐えられると、思ったが……無理だったな」

なぜ、発する声がぎこちないのだろう。

「このまま、側に置けば、いずれ、君を食う。俺は、そういう業を、背負っている」

なぜ、悲愴に語るのだろう。

なぜ、なぜ――銀市は、泣き出しそうにしているのか。

銀市の唇から、ごぽりと赤いものがあふれた。

珠の頭が真っ白になる。唇を赤に染めたものは彼の血だ。銀市は血を吐いたのだ。唇が染まる姿は凄艶《せいえん》で、心配を、しなくてはならない。

なのに珠はその姿を、まるで生きた肉を食《は》んだあとのようだと思った。

銀市は血を吐いたあととは思えないほど、穏やかに言った。

「珠、今の俺は、怖いだろう？」

こわい。怖い、とは、なんだったか。わからない。

ふいに銀市が笑んだ。いつもと変わらない微笑で、けれど瞳には確かな暴威を宿して。

「約束を、守れなくて、すまんな」

「っ……」

珠が唇を開く前に、とんっ、と優しく突き放された。

床に倒れ込んだ珠は、銀市の手が触れた白い小袖が、赤く染まっているのに気づく。

なぜ、と銀市をもう一度見て、ひっと悲鳴が喉に詰まった。

彼の腹部から、赤く生々しい血が滴っていたのだ。

横に転がる合口の刀身は赤い血に染まり、てらてらと輝いている。

珠は銀市が、自分で腹を刺したのだとようやく理解した。だから彼は血を吐いた。

見れば珠の真っ白だった衣も、彼からあふれたもので色濃く濡《ぬ》れている。

手当をしなければ、と思うのに珠はその場から動けない。

おっくうそうに這《は》う銀市が、血まみれの手で取ったのは、床に広がる掛け軸だった。

龍の絵が描いてあるそれに、銀市は無造作に鮮血で濡れた指先を滑らせる。

「……豊房《とよふさ》には、最後まで、助けられるな」

かすれた声で独り言をつぶやいた銀市は、己の手を掛け軸に叩《たた》きつけた。

「〝我が名は――……〟」

美しい龍が鮮血に染まり、命が吹き込まれたように輝き出す。

掛け軸から膨大な墨色の光の帯が立ち上った。

その墨色の光が銀市を絡め取って包み込む。

ごうと、銀市を中心に豪風が吹き、珠は目を開けていられず、顔をかばった。

息をするのも苦しいほどの風は珠と銀市を隔てる。

風は唐突に止《や》み、静寂があたりを支配した。

珠ははっと身を起こして銀市を捜すが、彼がいたはずの場所に姿はない。

ただ、あれほど血に汚れていた手で触ったとは思えないほど、まっさらな掛け軸が広がっているだけだった。

一度に様々なことがありすぎて、珠の思考が止まっていた。

その場に座り込んだまま、呆然《ぼうぜん》とする珠の視界でアダムが掛け軸の前にしゃがみ込む。

いつの間にか、彼の懐からこぼれ落ちたらしいロザリオが揺れている。

「掛け軸の呪《しゅ》を見たときは、まさかと思いましたが。本当に自らを封じるための呪具だったとは。しかも本気で実行するなんて、あなたはどしがたい愚か者ですね」

凍り付いた横顔の彼がつぶやいた言葉を、珠の耳は拾う。

封じた、とはどういう意味だろうか。と考える前に直感した。

銀市は、掛け軸の中に消えたのだ。

ならばそれを手に取ろうとするアダムは、どうするつもりだろう。

珠は萎《な》えそうな足を引きずって、今まさに掛け軸を拾おうとしていたアダムに飛びついた。足にはまだうまく力が入らず、全身が震えている。

それでもすがるように彼の上着を握り、必死に見上げた。

「あ、アダム先生……っ、お、お願いです。銀市さんを連れて行かないで……！　わたしなら、どうなっても良いですから……っ！」

自分を染めた血が、彼を汚していってもやめられなかった。

このままでは二度と会えなくなるような気がした。

指に力が入らない。アダムであれば、容易に珠の懇願なんてふりほどけるだろう。

なぜかにじむ視界で、アダムの紫色の瞳が見開かれる。

『……かあ、さん？』

紡がれた言葉の意味はわからなかったけれど、掛け軸を握ったアダムの指先が緩んだ。

けたたましい音と同時に、アダムの顔に透明な液体が投げかけられた。

水だ、と気づく前に、珠はとっさに掛け軸をかばう。

その背に、じゅっと焼ける音と共にアダムのうめき声が響いた。

だが、珠の頬にかかったのは、ただの水である。

顔を上げた珠の目に飛び込んできたのは、顔を押さえるアダムと、入り口に立ち拳銃を構える御堂だった。

「アダム＝メフィストフェレス・フリードマン！　三百年の時を生き、大陸を混沌《こんとん》に陥れた悪魔の子！　ここはお前の居場所じゃないっ！」

アダムは顔を押さえながらもポケットから取り出したなにかを放つ。

御堂は即座に発砲したが、あたりがまるで夜に包まれたように視界が塗りつぶされる。

暗闇はすぐに晴れたが、そのときにはアダムの姿はなく、付近の床にわずかな血痕が残るだけだ。

夜色の雀《すずめ》が飛び去るのを目で追った御堂は舌打ちをする。

「夜雀か。だが銀の弾丸で傷は負わせた。まだ遠くへは行っていないはずだ！　二人一組で捜索しろ！　消火と対応がすんだ隊員から――」

矢継ぎ早に指示を飛ばす御堂の声が遠い。

せわしない息がうるさいと思ったら、自分の呼吸だと珠は気づいた。

ひたすら掛け軸をかばっていると、ふわりと肩に手を置かれる。

珠がはっと顔を上げると、真っ白い髪を肩口で切りそろえた少年、灯佳だった。

秀麗な顔にいつもの愉快げな色はなく、静かにこちらを見ている。

「娘ッ子、掛け軸を見せてみよ……うむ、銀市はこの中だな」

「あ、ぁ、とうか様、ぎ、銀市さんが……っ血が、いっぱいでっ」

ごく当たり前に認められ、珠は考えるよりも先に声があふれ出す。だが言葉がまともに出てこない。様々な感情が珠の中でわんわんと反響し、暴れ回っていた。

決壊寸前の珠に、灯佳はしゃべらなくても良いとでも言うように珠の唇に人差し指を当てる。

勝手に音が滑り出していた口が不思議と止まる。

灯佳は泰然と微笑《ほほえ》んだ。

「銀市は、こうすると初めから決めておったのだよ。まあちいとばかしやせ我慢をしたのは否定せんがの。安心せい、死んではおらん。時間はかかろうがきちんと戻る」

死んではいない。確信の籠もった声音に、珠はどっと肩の力が抜ける。

同時に支えきれずぐらりと揺れる体を、灯佳に受け止められた。

「ようがんばったの。――今は、眠れ」

限界を迎えていた珠の意識は、その言葉に引きずられるように落ちていった。

終章　乙女の、一歩

冴《さ》えた日差しが雲に遮られた。

それだけで、きんと空気が冷えた気がして、庭先を付喪神の箒《ほうき》で掃いていた珠《たま》はかすかに震えて腕をさする。

水たまりは凍っていたし、朝には庭の日陰に霜柱が立っている。冬の気配はあちこちにあった。

途中帰ってきていたとはいえ、一ヶ月という長期間離れていると、そこかしこに見逃していた変化がある。

それでも、銀古《ぎんこ》の佇《たたず》まいは変わらない。

……家主である、銀市《ぎんいち》がいなくなっていても。

ふう、と息を吐いたことすら意識の外で、珠は屋敷《やしき》を振り返る。

事件から数日経《た》ち、珠は銀古に戻っていた。

妖怪の特別房で意識を失い、目覚めたときには病院にいて、ことの顛末《てんまつ》を教えられた。

今流行《はや》っている龍の絵姿は、銀市の本性を描いた掛け軸から写し取られていたこと。

彼は望まぬ信仰によって急激に増した霊力で、暴走寸前だったのだという。

『銀市は、掛け軸に自らを封じることで、噂《うわさ》の影響を断ち切り変質を防いだのだよ。自らを刺したのは、封じるために弱る必要があったからだろうの。そうしなければ、あの場に居合わせずとも、龍の衝動に呑《の》まれた銀市はそなたを見つけ出し食らおうとした。あやつができる最善の策とはいえ、よく実行したとは思うが……ゆえに、そなたが気に病むことなどなにもない』

灯佳《とうか》は、珠への説明をそう締めくくった。

そう、御堂《みどう》も狂骨《きょうこつ》も川獺《かわうそ》の翁《おきな》も、瑠璃子《るりこ》も皆、珠のせいではないと話してくれる。

あの日なにが起きていたかは、御堂が教えてくれた。

アダムは不審火事件を裏から操り、銀古と部隊を仲違《なかたが》いさせようとしたのだという。

銀市はアダムをおびき寄せるために、あの特別房に一人きりでいた。

本来なら御堂と合流し彼を捕縛するはずだったが、アダムが町に仕込んでいた火事騒ぎで混乱が起きた。御堂達は予想自体はしていたが、騒ぎを収めるために若干駆けつけるのが遅れてしまった。

その間に、珠が特別房にたどり着いたのだ。

銀市が封じられた掛け軸は灯佳が持ち帰り、安全な場所で保管されている。

流行神の噂が静まれば、銀市は戻ってこられるからと、灯佳には朗らかに言われた。

御堂はこれ以上噂が広まらないように手を打っているらしい。

川獺の翁を始めとした銀古に出入りする妖怪達も、噂の火消しに協力してくれていた。

それもこれも、珠がしっかりと舞台で舞いきり、祭りが成功したからだという。

人間も、アダムという不審火の元凶が周知されると、銀市への疑心は薄れた。妖怪達も戸惑いはありつつも、徐々に以前と変わらぬ関係に落ち着こうとしている。

しかも、珠は銀市の掛け軸をアダムに持ち去られないよう確保したことを称《たた》えられた。

だから、ゆっくりすると良いとねぎらってくれる。

確かに、珠にできることはないのだ。

なにも。


『珠よ、そろそろ昼食の準備ではないかの。今日は猫のもおるでの。しっかり作ると言うておったな？』

「あ、そうでした」

貴姫《きひめ》に言われて、珠は我に返った。箒の付喪神を片付け、昼食の準備に向かう。

最近、貴姫がよく出てきて声をかけてくれるような気がする。

貴姫はあの日、側に居られなかったことを悔やんでいて、口を酸っぱくして櫛《くし》を持ち歩くように言った。

だから珠は銀古に戻ってきてから、ずっと貴姫と行動を共にしている。

声を聞かず姿が見えずとも、貴姫の櫛とは村を出たときから一緒だった。

勤め先から追い出されるときも、ほかの荷物は置いて行かなくてはならなかったときも、必ず櫛だけは持って行った。

色々な勤め先を転々としたが、雇い主のほうがいなくなるのは初めてかもしれない。

勝手口から台所に入ると、きし、と音が響く。

部屋の隅からおずおずとした動作で出てきたのは、黒くつるりとした卵のような外見に大きな目玉が一つある、家鳴《やな》り達だ。

どことなく元気がなさそうで心配になり、珠はしゃがみ込んで目線を近づける。

「家鳴りさん、大丈夫ですか。お疲れでしたら休んでいてくださっても良いですよ」

すると互いの体を打ち合わせて否定する。それでもどことなく表情が曇っているような気がするが、珠もそれ以上は追及せずに手伝いをお願いした。

料理をしている間、瓶長《かめおさ》はいつも以上に難しい顔でじっと珠を見つめていた。

ごとん、ごとんと、独特の音を響かせて、藍染めの火鉢が歩いてくる。

珠が火をつけた炭を入れてやると、火鉢は再びごとん、ごとんと歩き出す。

おそらく先に居間のほうへ行ってくれたのだろう。

いつも通り、白米を炊き、味噌汁《みそしる》をこしらえ、おかずをつける。

蕪《かぶ》の味噌汁に、大根と鶏肉《とりにく》を炊き合わせた。

料理を運ぼうとすると、頭上からべろんと、天井下《てんじょうさが》りが降りてくる。

『手伝う？』

「では、このお皿を居間にまでお願いします」

いつも通り珠が頼むと、天井下りは逆さまのまま眉を八の字にするが、差し出したおひつを受け取ってくれる。

彼らが珠に気を遣ってくれる気配を感じて、珠は申し訳ない気持ちになる。

狂骨もずっといてくれているし、出かけるときは必ず珠に一声かけていく。瑠璃子でさえ、普段は方々出かけて行くのに夜には必ず銀古に泊まってくれているのだ。

以前と変わらず家事をしているだけだから、気にかけてもらう必要などないのだ。

せめていつも通りだとわかってもらえるよう、珠は平常通り振る舞っていた。

珠はほかの細々とした茶碗《ちゃわん》を運び、居間に行く。ちゃぶ台の前に座り、新聞を読んでいる人がいた。いつも、彼が新聞を読んでいた場所だ。

立ち尽くすと、新聞から顔を上げた瑠璃子と目が合う。

「ちゃぶ台の上は、片付けといたわよ」

「……ありがとうございます。今ご用意しますね」

じくり、とした重みは無視して、珠は配膳を続けた。

おかずの大皿が一つ、漬け物の皿、盆にのせてきた味噌汁を並べ、箸を置く。

そして茶碗としゃもじを手に取った珠はどれだけご飯が必要か尋ねようと瑠璃子を向いた。が、彼女はちゃぶ台の上を見ている。

「珠、一つ膳が多いわ」

表情がこわばった珠は、改めてちゃぶ台を見る。

瑠璃子用のモダンな花柄の茶碗は珠の手の中だ。ちゃぶ台には、珠のための赤い染め付けの小ぶりな茶碗のほかに、銀鼠《ぎんねず》色の大ぶりな茶碗が、伏せておかれている。

その隣には、すでに味噌汁がよそわれた椀《わん》も。

急に、珠は部屋が広いことが身に迫った。

瑠璃子がいて、その傍らには火鉢がいて、天井下りもそろそろと天井から覗《のぞ》いている。

家鳴り達だって、きしきしと主張している。

みな、ちゃんといる。変わらない風景だ。銀市がいない以外は。

たった一つの違いなのに、ぽっかりと空白が痛いほど静かだ。

穏やかに煙草《たばこ》をくゆらせる姿がないだけで、こんなにも、さむい。

「っ……」

珠は襲い掛かってくる感情と、こみ上げてくる熱いものを反射的に堪えた。

銀市が異変に気づいたのは、一ヶ月以上も前のことだったという。だが、珠はなにも知らされていなかった。それは、珠に知らせる必要がなかったからだ。

知らせたところで、なんら役に立つことができないから。

銀市があのような手を使わねばならないほど追い詰められていたにもかかわらず、珠はなにも気づかなかった。

思えば、前兆はたくさんあったのだ。

得意先への挨拶回りを少し早めて珠を伴ったのは、影響力の強い妖怪達へ珠を認知させようとしたから。

御堂の部隊本部に珠を預けたのは、銀市が万が一にでも珠を傷つけることがないように。

そして、銀市が容疑者になったときに、珠が疑われないようにだ。

珠が帰って来たいと主張したときためらったのは、その意図が果たせなくなりかけたからである。

最近銀市の肌に鱗《うろこ》が浮かんでいるのを頻繁に見たのも、妖の部分を抑えるための煙草をよく吸っていたのもすべて気のせいではなかった。

火事のときだって、銀市の様子はおかしかったのに。

気のせいではなかったのに、珠は、なにもできなかった。

大事に守られて、ただの一つも、関わらせてもらえなかった。

……けれど、それも、当たり前なのだ。

なぜなら珠は、守られるだけの弱い人間だ。銀市に押さえ込まれたときもなにもできずにされるがままだった。

だから、こうなったのも、仕方のないこと。珠が関われない、外側の出来事なのだ。

かすかに震える体を押さえ込み、珠は手に持つ茶碗をひとまず置いた。

「ごめんなさい、余計なことをしてしまいました。今、下げますね」

平静に謝罪をしながら、いそいそと必要のない味噌汁椀を取り上げようとする。

その腕を瑠璃子に取られた。思わぬ動作に椀こそ取り落とさなかったものの、味噌汁が縁から少しだけこぼれた。

珠が見返すと、燃えるような怒りを宿して瑠璃子は言った。

「いつも通りにしているつもりなんだろうけど、今どんな顔をしてるかわかってないんでしょ。ひっどい顔よ、初めて会ったときの辛気くさくていらいらしたあんたみたい」

「っ……」

吐き捨てる瑠璃子のその強い色に、震える心が怯《ひる》む。

とっさに口を衝《つ》きかけた謝罪も飲み込んで、瑠璃子に摑《つか》まれた手首を動かされるまま、椀をちゃぶ台に下ろすしかない。

「ようやく、わかったわよ。あのときのあんたの顔は、全部の感情を飲み込んでふたをしたあとの空っぽの顔だったって。けどね、感情を飲み込むのはやめなさい。それはいつか絶対よどんで自分をむしばむ毒になるわ」

毒、その言葉がよくわからなかったが、珠は彼女の言いたいことは察せたから、かぶりを振った。

「いいえ。大丈夫。大丈夫なのです。皆さんに心配されるようなことは、なにも。だって、銀市さんがああなってしまったことは変わりません。私がなにを感じて、なにを思ってもなんのためにもならないことで、むしろ、こんな無意味なことで煩わせてしまうのが申し訳ないくらい……」

「違うわ」

その否定は、いつも苛烈な瑠璃子の言葉とは思えないほど静かだった。

だが、珠の芯を断つには充分で、唇を震わせて見返す。摑まれた手首が熱い。

「あんたは、そう感じることをやめられなかったんでしょう？　今銀市さんがいなくてもご飯を準備するのも、そう動かざるを得なかった。あんたはそれだけの想《おも》いを銀市さんに持っているの。無意味なんかじゃない」

瑠璃子は、珠の両肩を摑み言い聞かせる。

彼女の瑠璃の瞳がもどかしげに珠を映した。

「その感情は、あんたが感じた、あんたにとっては意味のあるものなの。平然としないで！」

どうしようもない感情も、意味がある。少なくとも、珠には。

瑠璃子に手首を握られたが、銀市の力はもっと強かった。

肩を押されたときは優しくて、生々しい色と匂いの中に薄荷の香りを感じた。

最後に見たのは、場違いなほど穏やかな表情だ。

胸の奥を鷲掴《わしづか》みにされたような苦しさと痛みに、珠は自分の体を抱きしめた。

体が震え、息が上がる。さむい、つらい。……悲しい。

「ぁッ……」

喉から嗚咽《おえつ》が漏れたとたん、目頭が熱くなる。

ぼたぼたと着物の膝にいくつも水染みができていった。

気づいたとたん、珠の心に色と、手触りと、感情が、鮮烈に襲い掛かる。

次から次へあふれ出す感情がどんどんこぼれていく。

想いとは、こんなに痛いものなのだと、珠は初めて知った。

「わか、わからないんですっ……。どうしてっ私に、あんなことをしたのか、どうして、
私に言って、くださらなかったのか！　どうして私は答えられなかったのか！」

なにもかも、わからないのだ。

未熟な珠では整理しきれない感情が山ほど注《そそ》ぎ込まれて、破裂してしまいそうだ。

もう、そうなっているのかもしれない。

あの特別房での銀市は、珠にとってそれだけの衝撃をもたらした。

ずっと頼るばかりだった人が初めて吐露した葛藤と、彼が珠に向けてきた激しい感情に翻弄されて。

そして……銀市の問いに、とっさに答えられなかった。

だから、銀市は珠の前からいなくなった。そう思えてならず自分に絶望したのだ。

珠が弱いから、銀市は一人で解決しようとしたのではないか。

珠が答えられなかったのが悪かったのでは？

自分が彼を追い詰めたのではないかと恐怖して考えたくなくて、珠は心に再びふたをした。望むことなどおこがましい。

なのに――……

「でも、でも……銀市さんがいなくて、寂しいんです……っ！」

想うだけで、今も胸がかきむしりたくなるほど痛くて苦しい。空っぽの虚《うろ》が開いてしまったようだった。

こんな感情を珠は知らない。どうして良いかわからない。

これが意味があることだと思えなかった。

なのに、瑠璃子が覆い被《かぶ》さるように抱きしめてくれる。

「泣きなさい。あんたは泣いていい」

だから珠は、瑠璃子の胸にすがって涙があふれるのに任せ、叫ぶように泣いた。

珠は泣きはらして熱を持つまぶたのまま、頭を瑠璃子の肩に預けた。

「……銀市さんは、約束を守れなくてすまないと、謝られたんです。ご自分のほうがずっと大変なのに、私を気遣われて、……苦しいです」

感情の噴出は収まっていて、じくじくと胸にある痛みはそのままでも、言葉は紡げた。脈絡もなく話が飛ぶ珠の言葉を、瑠璃子はただ黙って聞いてくれたのだ。

そんな彼女が、初めて相づち以外の言葉を発した。

「ほんと、銀市さん、むかつくわね」

「え？」

洟《はな》をすすっていた珠は、あまりにそぐわぬ表現に思えて、ぼんやりとする頭を上げて瑠璃子を見る。

耳にかかるくらいの髪だから、瑠璃子の表情はよくわかり、本気でそう思っていることを窺わせた。

「だってそうでしょ。なんも言わずに全部自分でこうと決めてああしちゃったのよ。御堂と協力して、あのアダムって奴を捕まえるってことまではあたくしだって知っていたわ。

けど、自分で自分を封じるだなんて大事なこと一切言わなかったのよ。あたくし達が頼りないって言われてるようなもんでしょ。あれだけ普段こき使っといて！」

珠の肩を抱いていないほうの拳が、ごんと畳に振り下ろされる。

その剣幕に珠が面食らうと、瑠璃子が決まり悪そうにする。

「悪かったわ。要するに、あたくしは銀市さんにめちゃくちゃむかついてんの。そりゃあね、噂《うわさ》も利用するつもりだったんだから多少言うに言えなかった部分はあったとしても、一言あってしかるべきだと思うわけ。これがあたくしの今の気持ち」

自分のことで手一杯だった珠は、ようやく、瑠璃子が今回の件で銀市へ憤りを覚えていることに気づいた。

周囲を見渡せば、家鳴りや天井下りも不安そうにしている。

珠を案じているだけでなく、彼らもまた不安だったのだ。

平然と振る舞おうとしても、ここ数日の珠は全く余裕がなかったのだと実感する。

泣くというのも、悪いことではないのかもしれないと思った。

密《ひそ》かに納得をした珠は、なおも続ける瑠璃子を見上げる。

「で、あんたの苦しい気持ちだけど。あっちが『約束を守れない』って言ったところで『はいそうですか』って納得しなくったっていいのよ。それこそ銀市さんが勝手をしてるのに、どうしてあたくし達は諾々と従わなくっちゃいけないのよ」

「え、ええ……」

「そうでしょ？　あたくしはあたくし、銀市さんは銀市さん。あんたはあんた、なんだから」

ほんの一時、澄んだ頭に、瑠璃子の言葉がしみこんでいく。

相手の意思に背くのは、珠にとってはとても難しいことだ。

望み通りにして、相手が安心するのを見ると、ほっとするのだから。

けれど珠は、銀市が言外に込めた「約束を諦めてくれ」という言葉に、苦しさを覚えている。

「私は、私……」

つぶやく珠の隣で、息を吐いた瑠璃子は、空気を変えるように珠の肩をたたいた。

「さ、お腹《なか》空いたわ。食べましょ。大泣きしたんだしあんたも空いたでしょ」

指摘されて、珠は初めて自分のお腹が空いていることに気づいた。

あの日以降事務的に食事を口に運んでいたけれど、今は食べたい、と思った。

「温め直しましょうか。味噌汁《みそしる》だけでも」

「あ、いいわね。そうしましょ」

先ほどまでのことなんてなかったように、いつも通り振る舞う瑠璃子を、珠は心の底から尊敬して、三つ分の味噌汁椀《わん》を手に取った。

心も体も、ほんの少しだけ、軽くなっていた。

＊

瑠璃子の食事が終わったあと、珠は綺麗《きれい》に片付けた居間のちゃぶ台で、紙と自分の万年筆と向き合っていた。

ぼろぼろに泣いて湿った着物は着替えてある。

泣きはらした目はまだ熱を持っているけれど、目は見える。大丈夫。

この万年筆で、銀市への手紙を書いていた。

ずくん、と胸は痛むけれど、万年筆のふたをくるくると外して、右手に持ったとき、縁側の障子がそろりと開けられた。

『ただいま。……珠ちゃん、なにをしているんだい？』

「狂骨さん、おかえりなさい」

のぞき込んできたのは、緋襦袢《ひじゅばん》もしどけない狂骨だった。

珠の泣きはらしたと一目でわかる顔を見ても動じずにいる彼女に、珠はほんの少し救われた気持ちになる。銀市だけではなく、珠は様々なひとに気遣われて労《いたわ》られている。

「年末年始に必要な準備を、書き出そうとしていました。大掃除はまだ手つかずですし、おせち料理の材料の買い出しも今から算段しておかなくては間に合いませんから」

『え、でも……大丈夫かい』

狂骨の濁された言葉を察した。

珠は、銀市と約束をした。大掃除をして、おせち料理を作って、大晦日と新年を迎えると。彼は、楽しみにしている、と言ったのだ。ならば珠は存分に腕を振るいたい。

たとえ銀市に「守れなくてすまない」と言われても、ひとかけらでも可能性があるのなら充分だ。

赤い目尻もそのままに、珠は狂骨に口角を上げてみせた。

「私は、まだ、銀市さんとお正月を過ごせると信じていますから、いいんです」

銀市は帰ってくる。きっと。ならば、それまでにこの胸に感じた想いと向き合おう。

今度こそ、己の気持ちを取り逃がしてしまわないように。


〝──俺が、怖いだろう？〟

銀市の問いに、ちゃんと答えるために。

息を吸った珠は、紙面に万年筆を滑らせ始めた。

あとがき

初めましての方は初めまして。五度目ましての方は五度目ましてです！　道草家守《みちくさやもり》です。

もう初めての方は少なくなってきているだろうと思いつつ、この挨拶から始めます。

さて、今まであとがきはネタバレには極力触れないように努めてまいりました。

ですが今回ばかりはあの終わり方で、気になることばかりであろうと思います。

今までゆっくりとした珠《たま》の成長を見守っていただきました。

それは彼女が恋に至る感情を育むためです。

友人、家族のような存在。姉のようなひと。様々な人々を通して、とうとう彼女は想《おも》いに気づく寸前にまで来ました。珠の人としての鮮やかな成長は、一番側にいた銀市《ぎんいち》にも否《いや》応《おう》なしに影響を与えるものです。

人と妖怪の間に存在する銀市が抱える葛藤は、書いている間ずっと私の心の隅にあり、
その想いを最後までお届けできるか不安でした。

ですが多くの読者さんの温かい応援のお陰で銀市の心に深く踏み込めます。

それでも踏み込むためには、どうしても一度彼の心を突き崩す必要がありました。

編集さんと半妖編と呼んでおりました銀市の物語は、最後までお届けいたします。

珠が成長していく姿を優しく見守っていた銀市もまた、大きな変化がありました。

彼女と彼が恋に至るまで、これからもお付き合いくだされればとても嬉《うれ》しいです。


さて、今回も謝辞を述べさせてください。

今回いよいよ登場した超かっこいい御堂《みどう》さんを描いてくださったゆきさめ先生！

ああできる男と意味深眼鏡サイコー！　と笑顔になっておりました。

そして編集さんには今回も大変お世話になりました。

この本の製作、流通、販売に関わってくださった皆様ありがとうございます！

なにより五巻まで共に歩んでくださった読者さんに心から感謝を申し上げます。

Twitterで応援していただいたり、お手紙で感想を綴《つづ》ってくださるのを拝見するたびに、力をいただいておりました。

では次の巻でお会いできることを願っております。

新春の寒気を感じつつ　道草家守

富士見L文庫

龍《りゅう》に恋《こ》う 五《ご》

贄《にえ》の乙女《おとめ》の幸福《こうふく》な身《み》の上《うえ》

道草家守《みちくさやもり》

2023年３月15日　初版発行
2023年４月10日　再版発行

発行者　山下直久
発　行　株式会社 KADOKAWA
〒102-8177　東京都千代田区富士見2-13-3
電話　0570-002-301（ナビダイヤル）

印刷所　株式会社 KADOKAWA
製本所　株式会社 KADOKAWA
装丁者　西村弘美

定価はカバーに表示してあります。　◆◇◇

●お問い合わせ
https://www.kadokawa.co.jp/（「お問い合わせ」へお進みください）
※内容によっては、お答えできない場合があります。
※サポートは日本国内のみとさせていただきます。
※Japanese text only

ISBN 978-4-04-074418-6 C0193